WEI YUE
微阅读
1+1工程
1+1 GONGCHENG 第七辑

葵花笑

陈然

百花洲文艺出版社
BAIHUAZHOU LITERATURE AND ART PRESS

图书在版编目（CIP）数据

葵花笑／陈然著 . —南昌：百花洲文艺出版社，
2014.9（2018.12 重印）

（微阅读 1＋1 工程）

ISBN 978－7－5500－1063－5

Ⅰ.①葵… Ⅱ.①陈… Ⅲ.①小小说—小说集—中国
—当代 Ⅳ.①I247.8

中国版本图书馆 CIP 数据核字（2014）第 195340 号

葵花笑

陈然 著

出 版 人：姚雪雪

组稿编辑：陈永林

责任编辑：张 越 钟莉君

出 版：百花洲文艺出版社

发行单位：全国新华书店

印 刷：龙口市新华林文化发展有限公司

开 本：700mm×960mm 1/16

印 张：12

版 次：2015 年 3 月第 1 版

印 次：2018 年 12 月第 3 次印刷

字 数：128 千字

书 号：ISBN 978－7－5500－1063－5

定 价：29.80 元

赣版权登字：05－2015－22

邮购联系：0791－86895108

网址：http://www.bhzwy.com

图书若有印装错误，影响阅读，可向承印厂联系调换。

前　言

　　以"极短的篇幅包容极大的思想"，才能够以小胜大，经过读者的阅读，碰撞出思想的火花，震撼人的心灵。正因为这样，微型小说成为一种充满了幽默智慧、充满了空灵巧妙的独特文体。

　　如果说在二十一世纪的头一个十年，是互联网大大改变了我们的生活，那么在我们正在经历的第二个十年里，手机将更为巨大地改变我们的生活。如今，以智能手机为平台，正在构成一个巨大的阅读平台。一种新的阅读方式正不知不觉地走进大众的生活。一个新的名词就此产生，它便是"微阅读"。微阅读，是一种借短消息、网络和短文体生存的阅读方式。微阅读是阅读领域的快餐，口袋书、手机报、微博，都代表微阅读。等车时，习惯拿出手机看新闻；走路时，喜欢戴上耳机"听"小说；陪人逛街，看电子书打发等待的时间。如果有这些行为，那说明你已在不知不觉中成为"微阅读"的忠实执行者了。让我们对微型小说前景充满信心和期待的是，微型小说在微阅读的浪潮中担当着极为重要的"源头活水"。

肩负着繁荣中国微型小说创作、促进这一文体进一步健康发展的责任和使命,微型小说选刊杂志社推出了"微阅读1+1工程"系列丛书。这套书由一百个当代中国微型小说作家的个人自选集组成,是微型小说选刊杂志社的一项以"打造文体,推出作家,奉献精品"为目的的微型小说重点工程。相信这套书的出版,对于促进微型小说文体的进一步推广和传播,对于激励微型小说作家的创作热情,对于微型小说这一文体与新媒体的进一步结合,将有着极为重要的作用和意义。

编者

2014 年 9 月

目 录

有罪 ……………………………………… 1

丑角 ……………………………………… 4

血晕 ……………………………………… 7

囚 ………………………………………… 11

哭泣比赛 ………………………………… 14

怎样成为一个合格的民警 ……………… 17

听警察讲故事 …………………………… 20

划痕 ……………………………………… 24

立功记 …………………………………… 27

投资记 …………………………………… 30

剃刀 ……………………………………… 33

通俗故事 ………………………………… 37

出差记 …………………………………… 41

于癫子 …………………………………… 45

歌唱家的奥秘 …………………………… 49

虫牙 ……………………………………… 53

巨鲸 ……………………………………… 58

马奈的约会 …………………………… 61

珍藏 …………………………………… 65

阅读者 ………………………………… 69

把煤气打开 …………………………… 73

现在，他准备作案了 ………………… 76

装满了钞票的房子 …………………… 79

在暗中 ………………………………… 83

捉鬼记 ………………………………… 87

自杀经过 ……………………………… 90

走过岗亭 ……………………………… 95

丈夫和儿子是小偷 …………………… 99

大街上 ………………………………… 103

玩笑 …………………………………… 107

尊敬的女士 …………………………… 111

培养大师 ……………………………… 115

隐姓埋名 ……………………………… 118

给一个文学青年的信 ………………… 123

读者来电 ……………………………… 127

每每本纪 ……………………………… 132

白房子 ………………………………… 136

公交 121 ……………………………… 140

食客 …………………………………… 144

蚂蚁 …………………………………… 148

警服 …………………………………………… 153

偿债 …………………………………………… 157

落土 …………………………………………… 162

算你狠 ………………………………………… 167

杀手 …………………………………………… 171

入侵者 ………………………………………… 176

葵花笑 ………………………………………… 180

有　罪

　　有一天晚上，吴生有在街道上散步，忽然听到后面传来一阵急促的脚步声。他也顾不上往后看，就闪到了一边。他是个不想惹事的人，但也不想挡人家的路。但急促的脚步在他身后戛然而止，紧接着有几双手把他的手扳向背后，摁住了他的肩膀。

　　他有些艰难地回过头来，说：你们是谁？你们想干什么？

　　有声音打雷似的吼了一声：少废话，跟我们走一趟自然就知道了。

　　于是吴生有感觉自己的身体飘了起来，他完全不由自主地被那几个人拖着，跟跟跄跄朝着不可知的方向走去。

　　等待着吴生有的居然是监狱。他的手从铁窗里伸出来，像狂风里虬乱的枝条一样急剧地抖动。他喊道：我冤枉！我没有罪！

　　众所周知，吴生有被收监的第一天晚上就遭到了一顿毒打。他也知道自己要挨打，因此从铁窗边转过头来（呼叫自然是不会生效的），他就紧紧裹住自己的身体，惊惶的眼睛紧张地打量着牢房里其他的犯人。不过他们都在做自己的事情或想自己的心事，谁也没理他。有的人在掐衣服上的虱子，有的人在抠脚丫，有的人在睡觉。即使有的人把眼睛转过来，可吴生有发现，那眼睛就跟玻璃弹子似的。吴生有怀着侥幸心理，稍稍放下心来。也许牢房里并不像外面传说的那么可怕。吃饭时，大家也是有条不紊的，好像吃饭不是因为肚子饿，而是必须履行这么一个程序。但熄灯后，立刻有拳头和脚甚至更尖锐的东西从黑暗里伸出来，集中在他的身上。他鬼哭狼嚎。看守闻讯赶来开亮灯，那些手和脚马上又缩回去了，看起来跟白天没什么两样。灯一熄，它们又伸了出来。

一连几天都是如此。

吴生有发现，他叫得越凶，过后他遭受的击打也就越凶猛。就拿拳头来说，也是各式各样的，有像鹰嘴的，也有像石头的，还有像狗牙的。他后来干脆用薄薄的被子蒙住头，让那些狂暴的雨点落在他的身体上而他一声不吭。又过了几天，仿佛他被验收合格，便再也没人揍他了，甚至还有人朝他露出了微笑。

当然，他的厄运并没有结束。首先是，他的一件夹袄不见了。里面有家人给他送来的钱物，而且秋天已经来了，无论是白天还是晚上都有寒意。他报告给看守，看守帮他搜查了每个人的床铺，结果什么也没发现。吴生有不禁后悔起来。他害怕有更大的麻烦在等着他。接着，他在自己的被窝里发现了臭烘烘的大便。至于水渍和尿液，那更是经常有的了。其实他后来根本分不清是水渍还是尿液。别看白天每个人都对他嬉皮笑脸的，可一到晚上，他又要睡在那一团或几团冰冷而可疑的液体中了。

又有一天，看守忽然把吴生有叫去，不问青红皂白地揍了他一顿。看守用的是比碗还粗的木棍，他一边挥动木棍一边说，看你以后还在背后说我的坏话！吴生有说长官，我从来没说你的坏话啊！看守说，你当然不会承认了，看我不揍烂你的屁股！过了几天，吴生有又被莫名其妙地揍了一顿。这回的理由是，他一边大便一边叫着看守的名字。同样，这也是莫须有的罪名，但谁会证明他的清白呢？只会越证明越说不清楚，他应该吸取以前的教训，采取不作声的态度。从此，只要看守愿意揍他，他就一声不吭地趴在那里，把屁股或其他看守感兴趣的部位十分配合地露出来。

不过他吴生有也不会白白让人骑在脖子上拉屎的。他想，既然别人诬蔑他，向看守打小报告，他为什么不也这样做？他甚至可以肯定，他做起这样的事来，会更加狠毒和得心应手。因为他读过书啊。一个读过书的人打的小报告会很有说服力和杀伤力的。于是他诬蔑那个老是在捉虱子的家伙说看守偷公家的东西，诬蔑那个喜欢抠脚丫的家伙说看守的鸡巴没用看守的老婆到处偷人，诬蔑那个老是睡觉的家伙说看守也不是他爹亲生的。这一下，牢房里热闹起来了，一会儿这个人被看守揍了一顿，一会儿那个人也被看守揍了一顿。

后来又来了犯人。吴生有也和别人一起捉弄新来的犯人，趁黑狠狠揍那个家伙，把屎糊到他的被子里。有一次，吴生有用力过猛，把那个人的肋骨打断了。还有一次，他在黑暗中差点把那个人掐死。

静下来的时候，吴生有便也开始捉自己身上的虱子，抠自己的脚丫。他胡子拉碴，衣服破破烂烂，身上又乱又脏。他已经不是以前的那个吴生有了。他一天到晚以折磨人取乐，把别人整得痛哭流涕。他拿烟头烫人家做梦的脸。他栽赃陷害，落井下石，无恶不作。他想，我怎么成了这样的人？如今，我真的是一个有罪的人了！

但不久，他又被莫名其妙地放出来了。

丑 角

他是一个演员。一个喜剧演员。喜剧里是有很多小丑的，他演的就是小丑。除了小丑，他还演坏蛋，比如特务，汉奸，恶霸地主，日本鬼子，叛徒，伪军军官，土匪，强盗，总之他是谁坏演谁，演谁像谁。

后来来了运动，这个运动的目的好像是要把好人里的坏人揪出来（当时最流行的一个词是"披着羊皮的狼"），争取把每一个人都变成好人。那么他到底是好人还是坏人呢？革委会的头头动开了脑筋。查他的档案，见他根正苗红，不但父母是贫农，连父母的上三代都是贫农。他完全是很偶然地当上了演员的。一次，一个剧组在他们村子里拍戏，需要一个群众演员，演国民党的一个逃兵。按道理，随便找个人就行了，但这个逃兵，比较特殊，他刚好碰到了电影里的男主人公，并且要搜他的身。也就是说，这个逃兵要和正面形象一起，出现在特写镜头里，这就马虎不得。导演用镜头往围观的人群里搜了搜，觉得没合适的，正犹豫着，忽然一张丑脸闯进镜头里来了。导演喜出望外，对，就他。就这样，他去演了那个逃兵。他完全是因为长得丑，才得到了这一露脸的机会。丑到了什么程度呢？丑到了人家一看就觉得他不是好人。谁知电影出来后，那个逃兵的形象给人留下了深刻的印象。其他导演向那个导演打听他的情况，以后一有这样的角色，就来找他。他渐渐从一个群众演员成为配角演员，并且还被保送到什么地方读了两年书，专门学习怎么演戏。当然，他是不可能成为主角演员的，因为那时，没有哪一部电影里是以坏人为主角的。他也曾演了一个好人，演一个看起来像坏人其实是好人的人，结果，电影院里乱成一锅粥，谁也不相信他演的那个人是好人，便大骂他，大骂导演。结果那部电影受到了批评，说剧组歪曲了好人的形象，要在报纸上作检讨。可以说，他完全是凭着天分成为一个演员的。

什么？天分？革委会的头头用拳头一擂桌子：对啊，天分！他的做坏人的天分！这说明，他骨子里就是一个坏人，不然，他能把坏人演得那么像？为什么别人演不像？为什么他演好人演不像呢？头头很激动，觉得这场运动真的很深刻，你看，不管坏人藏得多深，就是藏在血液里，哪怕以演员的形式出现，他们一样能把他找出来！

头头不再犹豫了，红笔一勾，把他划进了被批判对象的名单。

此后，大大小小的运动，各种游街，批斗，都少不了把他押在台上，就像那时有许多导演来找他一样。当然，因为跟他有牵连，那些导演大多也没什么好下场。如果说他是一匹坏千里马，那么那些导演就是坏伯乐。他们是穿连裆裤的。连裆裤这个大俗大雅的词，让台下的群众觉得亲切。他总能把批判会推向高潮。他一被推上台，台下的革命热情尤其高涨，如果说坏人这个概念还有些抽象的话，那么他一下子让它变得具体可感。大家想起他在电影里干的那些坏事，不由得怒不可遏，好几次，愤怒的革命群众要冲上台来拿石头和革命的铁拳砸他，如果不是要保留他这个活标本，他即使不被砸死也早被愤怒的海洋淹死了（他旁边有好几个人当时就死在台上）。而且革命群众会自动把批判会无限期地延长，走在路上，他会受到石子和陌生人的袭击。他家的窗户玻璃没一块是完整的。他家的门窗上写满了"坏蛋"和"狗特务"等等这样的字眼。他在商店里买不到东西，别人不卖给他。他老婆跟他离了婚（奇怪，他老婆漂亮得像一个女特务）。他女儿在学校跳楼自杀。他父母被赶回了乡下，听说乡下也不要他们，所以就不知他们到哪去了。

……噩梦终于过去了。他被平了反。女特务似的老婆也重新回到了他身边。他本来不想要，但女特务哭哭啼啼的，他就心软了。更重要的是，他可以重新演戏了！领导要他干他的老本行，演坏人，演小丑。但他有顾虑。领导说，现在时代不一样了，你放心演吧。他试着说让他想想。领导和颜悦色地说，好。现在，他可以试着跟领导说"让我想想"，可见时代的确是进步了。

他一想就是好几个月。

那段时间，他猫在家里，哪儿也不去。他从电视和报纸上了解现在影视方面的信息。他有些惊喜地发现，现在小丑这个行当的确是大受欢迎。他打开门，悄悄听着外面，见楼上楼下邻居家里，经常发出开心的大笑。如果电视里演正面形象，他们反而不看，马上把台调过去了，说，又是骗人的东西，一点也不好玩。

他打电话给领导，说他同意。媒体马上开始报道，说我省著名表演艺术家重新出山，再现江湖。

重新走进摄影棚，他百感交集。不过他浑身是劲，感到他人生和艺术的第二个春天已经来了。不用说，他接的第一个戏还是丑角，并且他终于扬眉吐气，由配角变成主角。也就是说，现在，丑角可以作为主人公了。他演得很卖力，很认真。但年轻的导演一再要他重来。浪费的胶片扔了一地，导演对他的表现还不满意。后来，勉勉强强才算通过。

作品出来时，他看着影像里的自己，也觉得不对劲。怎么看怎么别扭。那么拘谨。那么无神。那么没有才气。明明是一个丑角，可他总想把人物往正角上拉。

票房遭到了惨败。很多单位和人受到了牵连。他觉得对不住人家，没脸见人。更重要的是他觉得自己已经演不了戏了。一天深夜，他从自家阳台上跳了下来。

 # 血　晕

他知道，作为一个男人，这是一个要紧的缺点。它如同一个人长大了还尿床或年龄很小便能勃起一样，是不好见人的。只不过，它隐藏得更深一些，像一条鱼凝滞在水底，以至在很长一段时间里，他自己都没有发现。

没有人说得清楚他为什么对色彩（主要是红色）那么敏感或那么排斥。最先发现这一点的是他的母亲。那是冬天，母亲刚给他喂了奶，让他在怀中睡着了，再把他轻轻放到摇篮里去。这时，母亲还是幸福的母亲。她的胸脯微微发胀，脸上的红晕跟小鸟似的。她从抽屉里翻出一支藏了很久的口红。母亲羡慕电影里的坏女人。现在，母亲的这个见不得人的想法终于在镜子面前露出了头。她欺负他是一个才几个月的孩子，因而放心大胆地展示她的痴心妄想。所以当他在摇篮里醒来大声啼哭的时候（许多年以后，母亲对此记忆犹新，仍指责他哭声惊人），母亲惊慌不迭地把他抱起，还没有完全从想象的角色中脱身出来。但是他没有像往常那样停止啼哭，反而更加惊恐地大哭起来。

母亲手忙脚乱，用尽了一切办法，仍不能使他的哭声有丝毫的减弱。后来，母亲终于从他的眼神里受到了启发，赶紧把口红擦干净。奇迹发生了，他的哭声戛然而止。母亲简直不敢相信，她忐忑不安地又去搽了一次口红。他的哭声再次响起。

母亲有些发呆。她知道一个人害怕红色意味着什么。它将让他在生活中无处藏身。在不远的将来，她和丈夫的脸上经常会被涂满各种油彩，像劣等动物似的被拉到各处展览。孩子每天都会受到不小的惊吓。唯一

的好处是，她轻松地给他断了奶。她在两只乳房上涂了些红墨水，他立刻止住了饥饿的啼哭。

日新月异，或蹉跎岁月。他也只能变得越来越敏感。以至它成了他的粮食，不然，他便活不下去。他对它由害怕变成了依赖。

难怪母亲说，敏感是他的宿命。

嘲笑和捉弄一直没有停止，即使他已长大成人。大家不相信还有见血就晕的人，这太可笑了，他们说，他如何跟一个女人度过她的初夜？除非……他们暧昧地笑了起来。试想，一个男人，哪天不同血打交道呢？又怎么能不同血打交道呢？比如要宰杀那些买来的用做食用的动物，要喝酒斗殴或路见不平拔刀相助，为荣誉和尊严而战。有时候，城外不远处的那片荒地上还会执行枪决。他们会欣赏到子弹如何让人体一阵痉挛，然后扑通倒下，在血液中慢慢融化。此外，还有电视和印刷品上的画面和图片。斗殴，杀人，交通事故，乃至战争，爆炸，恐怖袭击。他们对此津津乐道。他们说，你真的从不看那些新闻、电影和画片吗？有时候，他们会跟他玩一些恶作剧。如果他晕倒了，他们就大声尖叫，忙成一团，当然是一边忙一边笑着。他们觉得他就像一个孩子那样可爱。他们喜欢在孩子面前，显示他们的成熟和优越感。

有一次，他病了，需要从静脉注射。当护士把针头从他的手臂静脉推进去时，他再次晕倒了。醒来后，他发现自己在一个女人的怀里。护士没有惊叫，也没有嘲笑他，一副学识渊博的样子，有如他的母亲。她用她的学识和柔情包容了他。他竟然觉得正在源源不断滴进他体内的液体让他感到凉爽和轻松。他羞赧地朝她笑了笑。她也朝他笑，示意他别乱动，一直把那瓶生理盐水挂完为止。他问：我还要来吗？她说：要连续注射三天呢。他步履轻快地跟她告别。在接下来的两天里，他又晕倒了两次。奇怪的是，他一点也不怕，仿佛晕倒不过是他的一次深呼吸，对生命是有好处的。这是他从未有过的感觉。他不禁惊喜万分。后来，他们慢慢地说着话。他跟她谈他的童年，他的皮肤下面那些蹦跳不已的蚂蟥。她也谈了她的童年。她说，跟他相比，她的童年就平淡无奇了。

他说，我情愿要你那平淡无奇的童年。这时她的手就游进他的手心。她怕自己不小心伤害了他。她说：你是多么的难得啊，我们一直生活在坚硬和麻木之中，可你仍像一个婴儿般透明，含羞草一样敏感。

他们密切地交往起来。和她在一起时，他很自在。就像鸟在空气里。他愿飞就飞。她总是那么抬起眼，笑眯眯地望着他。后来她也飞了。原来她也有一对小翅膀，毛茸茸的，藏在那里。开始，她飞得不是那么利索，需要他帮她。她还有些不好意思。好像从来没将这对翅膀示人。但她很快就飞得很好了。他们把翅膀放平，让身体在空气中滑翔。如果把空气拍打成波浪形，他们就可以向更高的地方飞去。他们暂时地离开了地面，离开了医院，离开了那间他把自己囚禁起来的屋子。她跟他说，她不喜欢医院，不喜欢那里的气味，不喜欢那里的医生，不喜欢那里的院长和主任。她说，有一次，院长叫保卫科的人趁夜把一个会引起麻烦的病人从医院里扔了出去。第二天，有人在另一个地方发现了他的尸体，经鉴定，他是从医院里逃跑自杀的。就是那些病人，也令人难以忍受。他们频繁地出入其中，认为有医院就可以放心地活下去。他们把医院当成了赎罪和卸掉某种责任及包袱的场所，从外面进来时，他们还愁容满面，而当他们出去时，又谈笑风生对人生指挥若定了……他和她坐在那里，对身后的现实发出了无所顾忌的嘲笑。生活是一只庞然大物，但现在他们一点也不畏惧。

一天，他兴冲冲地去找她。除了艺术，只有爱情是永远欢迎敏感的。这是他们共同拥有的宝藏。但在往日他看到她的地方，没有她的踪影。他坐在那儿等，等了一整天也没看到她回来。第二天他又去。她还不在。他向人打听，可他们说，他们这里根本没这个人。他想这些人真会开玩笑。他找到她的知道他俩在恋爱的一个同事，回答竟然是一样的。他几乎要疯了。他说：怎么可能呢？几天前你还看到我们手拉着手出去。她的那个同事说：对不起，我也从来没看见过你！他说：你连我的名字都知道了。对方断然说，我不知道。他又到别的地方去打听。他每天都去，一天去好多次。他甚至去找了院长。院长说：如果你不相信，我可以带你去人事部查查。人事科科长无比热情地打开了档案室的大门，说：你自己找吧。自然，他不可能找到有关她的任何纸片。

她失踪了。

一个人的历史被抹去竟是这样容易和莫名其妙。

为了怀念他的这次唯一的恋爱，他试着用针管扎自己的静脉，就像她曾经做的那样。他把针头深深地扎进去，然后松开手，血液立刻流进针管。在眩晕中，他仿佛重新看到了她天使般的微笑。每当他想和她见面的时候，他就会这样做。在那里，他们可以自由来往。那是他们的一条秘密通道。

事情就是这样，一个怕看到出血的人，他最终会在血液中找到宁静。正如一个人，因为老担心自己杀人，结果杀人如麻。他用刀在对方的身上乱砍一气。他杀死的是他的恐惧。不同的是，有的人把刀指向了别人，有的人把刀指向了自己。

他想起了第一次用菜刀划开自己手指头时的情景。菜刀的重量让他很不顺手。就像一个拗口的句子。实际上，那是一次毫无自杀意识的自杀。也就是说，他当时并没有意识到死亡的存在，他的自杀和死亡无关。他不过是在做一次实验。他想，一切都是因血液而起，如果把体内的血液像池子里贮存的水那样放出去，那他就获得解放了，不再受血液的控制和操纵了。于是他开始寻找它的闸门。虽然身体上到处都是可能打开的缺口，可事实证明，他并没有找到最关键的。他曾问过母亲，它在哪里？

现在，他当然是早已知道了。他不断地向它靠近。在靠近它的过程中，他感到无比的骄傲，因为他并没有变得麻木。他可以跟母亲，还有那个他每天从秘密通道去和她会面的女人说，他们的宝藏越来越大了。在一次又一次冷静地思考之后，他把门关好，拿出早已备好的刀片，在手腕上轻轻一划。

他看到血液像千军万马，缓缓冲出了闸门。

　　戈式微老先生虽然是一个半路出家的古汉语专家，但他对《说文解字》的独到见解，常常令青年人折服。有人向他请教做学问的秘诀，他说，没有别的诀窍，不过是把学术研究和自己的人生体验结合起来，如果日后也成一支派别的话，我看可以叫体验派。

　　这话当然有些石破天惊。只听说文艺创作要有生活体验，可没听说做学问也要体验。做学问要科学，客观，怎么能感情或意气用事呢？老先生摇摇头，笑着说，好比字画同源，文艺创作的材料是什么？是字，字就像乐谱里的音符，没有字，就没有句子，没有句子，就没有文章，字不是乱造的，每一个字里面都有故事，都含道理，后生为学者，不可不察！

　　戈老先生也曾是一个热血青年。其实对生活抱积极希望的，谁不是热血青年呢？他们希望社会进步，人生美好，人性善良。但不用说，像人类社会所有的专制时代一样，那个时代很黑暗，军阀混战，民不聊生。青年戈式微无数次地走上街头，抗议政府的腐败。虽然长衫有些破旧，但颈间的围巾永远是雪白的，容不下半个污点，像他纯洁的天性。他被政府抓去坐过牢，打得遍体鳞伤。那时他还是个青年学生。大学毕业后，他当过一段时间的中学教员，并开始给报馆写文章，得到当时进步人士的赞许，不久成为某进步团体中的一员，认识了许多后来是大名鼎鼎的人物。在大学教书期间，他结识了后来的妻子。他们一见如故。她也有一条跟他一模一样的白围巾。他们参加过鲁迅先生逝世五周年的纪念活动，聆听过闻一多先生被暗杀前的最后一次演讲。他们在许多城市逃避战乱，躲开飞机扔下的炸弹。有一次，一颗炸弹就在离他们不到五十米的地方爆炸。由于他依然讲真话，在报刊上发表文章，指斥政府的专制和无耻，被特务盯梢，并再次被抓进监狱，这一关就是三年。

几年后，社会发生了很大变化。他任教的那所大学被改了校名，并由一著名人士题写了校名。由于他在旧社会反帝反封建的突出表现，他也被任命为学校中文系主任。他和妻子依然十分珍爱他们的白围巾。他的耿直的、讲真话的性格依然没有变。不久，他以前参加过的那个组织（其实他一直没有主动参加，但组织者说他已经是他们中的一员了，他也没有不同意）的一个发起人被指控为反革命，单位头头知道他和那个组织的关系，并要他写揭发材料。他写了材料，但不是揭发材料。不但不是揭发材料，反而还为那个人辩护，这就很严重了，于是他倒比那个人被先抓进了监狱。他预感到了这一点，但他依然这样做了。在他坐牢后不久，他妻子被押到一个很远的地方劳动改造去了，后来死在了那里。

许多年之后，他从监狱里出来，第一件事就是去找爱人的骨灰。他想把它带在自己的身边，直到他也变成骨灰，再把它们合在一块。可是他在那个劳改农场里什么也没找到。只是在他快要离开的时候，忽然从天上掉下来一条白围巾。原来，天下起了大雪。他仰望着灰茫茫的天空，眼窝灼热。

被平反后，他还在大学教书。他忽然对《说文解字》十分感兴趣。有时候他会突然看着汉字发呆，好像要变成一条虫爬到汉字里面去。比如说"被"字，他这一生，老是被这个被那个，"被"是什么？就是先扒掉你的衣服，再扒掉你的皮。再比如"白"和"黑"，它们的笔画部件其实是完全一样的：点，横，竖，折，没有其他的弯弯道道，说明它们在某些时候是相同的，但最终还是要分道扬镳。"白"的笔画少，"黑"的笔画多，说明"白"只是少数人，而"黑"是大多数。尤其，被"白"至高无上顶起的那一点，到了"黑"那里，却被视而不见地踩在脚下！

戈式微老先生兴奋起来了。对，青年戈式微已经成为老年戈式微了。但他的性格还是没有变。他不满现在学术界的机械、陈腐、毫无创见。就这样，他嬉笑怒骂地把戈版的《说文解字》写出来了。出版后，有人觉得痛快，当然也有人恼羞成怒。但老先生毫不在乎。

戈式微老先生不肯授徒。他说他这种路子，是没办法也没必要授徒的，免得耽误了青年人的前程。然后他说了一句偈语：是徒都是徒。

临终时，他把儿孙叫到床前，说：从前阮籍死时，嘱儿孙见邻居吵架要避开，不可去看，看了必要说话，说话必得罪人，我也把这话送给尔等。吾死后，别无他求，只请在墓前石上刻一"囚"字即可。囚者，祸从口出，人从口入者，吾这一生，不被他物所囚，盖被自己之口所囚也。

哭泣比赛

　　区委会为了做出政绩，吸引媒体的注意，决定在节前夕举行一次别开生面的哭泣比赛，主题是，给参赛者一个表达对生活感恩的机会。

　　接到比赛通知，永仁村居委会就忙开了。居委会工作人员在王大妈的带领下，开始积极地物色和商讨参赛人选。有人说，应该推荐来运街的福贵去参赛，因为福贵这几年做生意发了大财，他不对生活感恩谁对生活感恩？可有人提出了反对意见：福贵现在腰缠万贯大腹便便，他是否哭得出来？有人见过，他经常躺在按摩院里，两个小姐在他身上踩来踩去他都不哼一声。又有人提出，让翠花街的万代兰参赛，万代兰儿子去年考上了清华大学，是全省的理科状元，后来报社一宣传，学费都有人帮她掏，她是不是应该对生活感恩呢？再说她是个女人，哭起来也容易一些。不过也有人反对，说打从记事时起，她就没见万代兰哭过，那时万代兰丈夫喝醉了酒经常打她，但万代兰就是不哭，她是个非常坚强的女人，送这样的选手去参赛，无疑是很冒险的。后来还是王大妈自己忽然想起一个人来，她一拍大腿，说，我看灯笼巷的刘美枝倒是很会哭的，你们看，这几年她家里连遭不幸，先是她和丈夫一起从工厂下岗，丈夫做生意又被人抢劫打断了腿，女儿在外面打工杳无音信不知死活，现在她每天都是到菜市场捡烂菜叶过活，买大米都是买发了霉的，一想起女儿来，便把脸一仰，不管在哪里总要哭几声，她可以从早哭到晚，有时候半夜还在哭，叫她去参赛，我们居委会肯定会得奖的。但马上就有人反对，说这是感恩哭泣比赛，又不是比谁的命运悲惨。王大妈说，不管是感恩还是悲惨命运，哭起来还不是一样的，都有眼泪鼻涕，谁看得出来？大家觉得王大妈说得有道理。哭跟笑不一样，笑有忠笑和奸笑，忠笑像面饼，全心全意扑在脸上，奸笑则是一丝丝的，像狐狸的尾巴。可哭怎么分得出来呢，只要是真哭，是分不出来的，眼泪和鼻涕都是货真价实全心全意的。就这样，大家一致举手通过。

可即使这样，王大妈还是有些心虚，有拿假冒伪劣产品去蒙人的感觉。为了培养刘美枝对生活感恩的心理，她跟大家商量好，决定给刘美枝一家解决一些实际问题，她向刘美枝许诺，如果她在比赛中为大家争了光，居委会除了奖励她三千元现金，还会帮她和残疾丈夫找份工作。就是她那失踪的女儿，居委会也会利用各种线索去寻找。她一再叮嘱刘美枝，这段时间，你啥也别干，一心准备比赛。为了以防万一，大家还充分发挥集体的智慧，叫她比赛前把双手放在辣椒水里泡一泡，到时候万一被卡住了就用手抹眼睛。为了心里有底，大家还叫刘美枝现场试验了一下，果然，只要一想起家里的伤心事，刘美枝就呜呜咽咽，眼泪叭叭掉个不停。

比赛的日子终于来了，王大妈她们兴冲冲地送刘美枝去参赛。现场人山人海，好多媒体的记者也到了。领导讲话和组织者致词，大家都没怎么听进去，前几位选手的表演，她们也听得心不在焉的，不过是些儿子上学没有钱，受到了资助，或丈夫下了岗，被重新安排了工作之类，还真的有一个男选手，他说他妻子如何如何。由于对比度不大，也就没有什么回肠荡气的东西。他们的哭声干巴巴的，有的甚至还露出了笑的马脚来。

轮到刘美枝上场了。王大妈稳操胜券地坐在那里。她看到，刘美枝的脸上有忧郁，也有喜悦。这很好，正是比赛所需要的。刘美枝开始讲她家里的悲惨故事。她讲她和丈夫刚下岗时的恐慌和茫然，讲丈夫被抢和受伤时的无助，讲女儿杳无音信时的绝望。末了她说，我一定要坚强地活下去，居委会王大妈已经答应我如何如何。这时王大妈恐怖地看着，刘美枝不但没哭反而傻笑了起来，她笑道，如果那样，就好了。王大妈急了，忙暗示她哭，暗示她用手抹眼睛，可刘美枝在用手抹眼睛之后，依然没有眼泪。

结果可想而知，虽然刘美枝把事情讲得很动情，可因为没有哭，她的成绩也就不及格。

等刘美枝走下台来，王大妈气愤地问她：你为什么不哭，刘美枝说：
- 想到那些好事就要实现，我高兴都来不及，哪还会哭。王大妈又说：那你的手呢？难道你没有在辣椒水里泡过手吗？刘美枝说：我泡了，我泡了一整夜，可它对我的眼睛根本不起作用。

刘美枝只关心一件事，她说：王大妈，你们的许诺什么时候能实现？

王大妈没好气地说：做梦吧你。

这时刘美枝倒像个孩子似的忽然没鼻子没眼地哭起来了。

怎样成为一个合格的民警

　　小万刚分到派出所当户籍民警的时候，才二十岁出头。本来，他并不想当民警，他喜欢的是地理，但家里人说，地理有什么学头呢，哪有当民警好？就这样，小万成了一个民警。

　　小万同意家里人的建议当民警还有一个理由是，他一向对自己的外貌不满意，像根芦柴棒似的，典型的营养不良。现在他妈妈还经常说起，我们家万宝小的时候，不是今天给他喂驱蛔灵，就是明天给他割痧积，瘦得像个衣架。割痧积好痛啊，一割开手板心里全是花花绿绿的鱼子。但他记得，有一次他穿起一个当过兵的亲戚的旧军服，顿时觉得自己光彩照人神清气爽。所以第一次穿起警服时他就赶快去照镜子。镜子里的那个人果然眉眼分明，有棱有角，真是很神气。

　　所以小万很喜欢穿他的警服。即使不当班，在家里或其他场合也穿着。他喜欢穿警服的感觉。他把它洗得干干净净，熨得平平整整。晚上睡觉前，也把它折叠得整整齐齐的，放在枕边，第二天醒来，手还放在它上面。他甚至开始设想，穿上警服去和未来的女朋友约会时的情景。女朋友会把头完全靠在他的肩上。

　　小万是一个热心的人。对别人的关心就好像他当初对地理学上每个新知识点的好奇。热心的人当了民警就是一个热心的民警（而不是一个人在当了民警之后才变得热心起来），小万就是一个热心的民警。刚当民警的时候，他热心地为前来办事的人当办事指南。他的脸上挂着真诚的微笑。他的脚步轻捷勤快。他从不让来找他办事的人久等，更不会找出各种理由来搪塞和推辞。

但他很快就发现其他民警看他的眼神怪怪的。跟他们说话，他们也爱理不理。好像他得罪了他们。他想，这是为什么呢？他什么地方没有做好呢？他并没有得罪他们啊。这样，他在单位上就很孤单。他们支使他为他们买这买那，把他当勤务兵。如果是出于同事之间的友好，他其实是很愿意的，但他感觉出他们是居高临下的，瞧不起他的。有时候，所里有饭局也把他撇在一边。他们说，如果他去了，他们就会不自在。谁想找不自在呢？后来他发现他们还有很多事在瞒着他。他完全被孤立起来了。每个月的文明评比，也没有人投他的票。另外奇怪的是，他每次下班回家，父母也总要下意识地望着他的两手。先望他的左手，再望他的右手，或先望他的右手，再望他的左手。他想我的手上有什么呢？他把两只手举起来放在眼前翻来覆去地看着，依然什么也没发现。如果他的手伸进口袋里去掏东西，父母也立刻眼巴巴地盯着，仿佛他能从里面掏出什么宝贝来。他们的目光像苍蝇一样围着他飞来飞去。当然，他什么也没掏出来。这时父母的目光就软了下去，狐疑地打量着他。有一次，他无意中听父母嘀咕道：你说，万宝会不会瞒着我们开始攒私房钱了？毕竟，儿大不由娘啊。

因此，小万觉得改变他目前的处境是很有必要的。冷漠的、局外的工作环境和家庭的不信任会给一个青年人带来多么大的压力和心理恐慌啊。他开始观察和不知不觉地模仿同事们的办事作风。与来所里办事的人说话的时候，没必要显得那么谦虚，颔着脑袋，一副热心得过了头的样子。而要把手叉在腰上，腆着啤酒肚，没有啤酒肚的可以把头昂得更高些。当然为了使自己的肚子具有一定的规模，则有必要学会喝酒。在他们所里，只要瞄瞄肚子就知道谁的酒量大。在喝到兴致高的时候，喝酒的人就成了把啤酒变成小便的机器，一杯啤酒下肚就要上一次厕所。老王说，如果他能喝到这个程度，那他身上的酒路就完全打通了，不管喝多少他都不怕了。老王说，酒路没打通是不能多喝的。他问，怎么才能找到自己的酒路？老王说，只有边喝边找啊。于是他也试着慢慢喝一些酒，边喝边按着肚子，想看看自己的酒路到底在哪里。大家都很高兴，说小万终于也学会喝酒了。以后有什么饭局，也就不再落下他了。甚至在危急时刻，还请他救所长的驾。几次下来，所长就开始经常给他笑脸了，答应在适当的时候给他弄个骨干民警当当。他还跟同事们学会了打牌。有人来找他办事，他想放下牌先去给人家办事，但同事不干了，朝那个人嗷了几句，那个人就乖乖到一边去等着了。后来，不要同事讲，他自己也会朝那些人拉下脸来，说：急什么，等会儿就要了你的命？同事拍着他的肩膀。他们的关系已经很亲热了，有时候他们还一起到其中的一个同事与人合伙开的发廊去按摩。回来他们就讨论哪一个女孩子手感好。当然小万不好意思跟他们讨论。他让那个女孩子按摩了他的头部就从里面逃了出来。女孩子老是骚扰他，他很紧张。大家听他说完不禁大笑了起来。

他们说：那当然，你还是处男，不能随随便便让那些烂货给糟蹋了。

那时收容所还没有取消，他们经常在深夜突击搜查租房区，没办暂住证的，他们给人家提供两条路，一条是送收容所，一条是罚款。当然，没有人愿意去收容所。于是每个晚上他们都能弄到可观的外花。如果打牌输了钱，他们就一定要去突击搜查。他终于没有让父母失望，经常可以从口袋里掏出钱来给他们。父母笑得合不拢嘴。这一次，有人找他转户口，那是一个从外地调进来的家伙。他摆出了许多理由，在理由面前对方垂头丧气地低下了头。但过了一会儿对方忽然问：能不能帮忙，我……他说，明天再说吧。那个人还算精通世事，第二天，塞了一个红包给他。又过了几天，那个人拦在他下班的路上，递给他一个纸箱，说是他家乡的一点特产，请他尝尝。

这是他第一次拎别人送的东西回家。于是他再次看到父母眼里放射出惊喜的光芒。

也就是这天晚上，他接到所长的电话，说已经把他作为骨干民警上报了。

 # 听警察讲故事

你叫什么名字？张艳福？好名字嘛。哪里人？赵庄？干什么的？农民？种田的就是农民嘛。知道为什么叫你来吗？不知道？我知道你会说不知道。可你越说不知道我们就越认为你知道。这叫犯罪心理学。我就是专门研究罪犯的心理的，你心里想什么，我一看就知道。

说吧，你是在哪儿碰上赵玉娥的？在哪儿强奸了她并把她杀害了？又怎么自以为聪明地焚尸灭迹的？请注意，是我向你提问而不是你向我提问。我问什么你回答什么。

什么？不是你？你以为你说不是你就不是你了？照这样说来，一个人犯了罪，只要他咬紧牙关不承认就没事了？懂得犯罪心理学的人知道，罪犯越顽固，说明他心里越有鬼。有时候，对于罪犯的话，我们要正话反听，反话正听。

所以你不要有什么侥幸心理。不过你也的确可怜，三十多岁了还是单身，其实我们已经调查过了，大家都说你是个挺老实的人，就是在这件事上犯了迷糊，谁叫你是单身呢？有一天，你忽然看到了同村的傻女赵玉娥。她已经长大了。长成一个大女人了。她的脏衣服下面的身体是那么白皙，衣服越脏她越动人。她的胸部高高的，屁股也一扭一扭。你对她就动了歪心思。你开始引诱她。用新衣服，用吃的。但她既然是傻子，也就不懂得你的引诱。她把你手里的衣服和好吃的东西抢去，跑得远远的，让你懊悔和暴跳如雷。你不能让她白白拿了你的。你想，她是个傻女人，即使把她怎么样了，她也不会告诉别人，即使告诉了，别人也不会相信，谁会相信一个傻子的话呢？在这种思想的鼓动下，你强奸

了她。

你怎么不说话？我说到你的痛处了吧？还要烟抽？好，我给你烟抽。你看你，点火的样子就像吸毒。要想痛痛快快地吸上烟，就别磨磨蹭蹭的，赶快把问题交代了。敢作敢当才是好汉。你不要哭，眼泪是不会救你的命的。你没想到她会发出那么大的叫声。你慌了。你几乎是下意识地捂住了她的嘴。不，你甚至都没意识到那是嘴。你是想捂住那声音，就像一个人去扑灭一场大火一样。你毫不犹豫地，奋不顾身地，终于把它按住了。虽然刚开始你还感觉那声音像一条蛇一样在你的手里扑腾扭动，但很快，它渐渐软下来了。你放开了它。你看到了赵玉娥张大的嘴巴，里面黑咕隆咚的，洞口砌着一圈白石头，看上去很整齐，你趴在那里朝里面望着，想等蛇探出头来再给它狠狠一击。你左等右等，可是它再也没有出来。你往里面扔草根，还有小石子。你朝里面喊，喂，喂，除了一点点回音，其他什么也没有。你害怕起来。你继续往里面扔石子，你想不管那洞里还有没有蛇，如果把洞填满了，那就什么也不怕了。石子很快把她的嘴巴填满了。这时你才忽然看到是个人躺在你面前。你吃了一惊。这时你才意识到她已经死了。

又要撒尿？好，小王你带他去撒尿。

什么？不是你干的？你没有杀人？这不，绕来绕去，我们又回到老地方了。难道撒尿可以让你翻供？我看，你还是不撒尿的好。再有尿，你就憋着吧。

还要抽烟？好了，这是最后一支了，再不好好交代，就不给烟你抽了。我们对你简直就像……你待遇很高啊，就是你们乡长，看到了我是他给我敬烟而不是我给烟他。已经三天三夜了，我们服侍你不停地抽烟，喝水，撒尿。你身体真好，我们都熬不住了，我前面的几个人都说你这个人太顽固了。没见过你这么顽固的人。

好了，坐下来。我问你，8月3号那天，你是不是去了高速公路旁边的那块野地了？你去那里是不是想跟赵玉娥做那个事？那天，赵玉娥穿得干干净净的，一点也不像个傻子。你给了她一只苹果。这只苹果，你还是在前村的小店里买的。你一共买了两只，还有一只，你自己先把它吃掉了。你把它们放在一起比较着，比较了很久，便把那只皱得更厉害的、皮上有很多斑点的先吃了。你想把那只好的留给赵玉娥。这倒不是说你怎么有良心，而是你觉得它更有吸引力。你让它在水里浸了一会儿，然后给它按摩，直按摩到它红润起来，散发出阵阵香气。你在赵玉娥家门口晃了一下。不一会儿，赵玉娥也朝村口走来了。到了野地，蒿草一下子把你们淹没了。赵玉娥贪婪地吃着你带给她的苹果，四仰八叉地躺在那里让你脱她的衣服揉她的胸部。但是，她忽然叫了起来，是你弄疼了她还是她感觉到了你即将采取不利于她的行动？反正，她是叫起来了。你低低地喊道，别叫！可她根本不听你的，她叫得越来越大声，好像整个高速公路都在抖动，于是你猛然捂住了她的嘴，像捂住突突不已的火苗。你不知道要过多久那火苗才会熄灭，所以一直就捂着。你拿开了手，这才吓了一跳。她的嘴巴张在那里，乌黑乌黑的，她的眼睛也大大地瞪着，不是黑的而是白的。你害怕了，你想把她的眼睛和嘴巴合拢，但不管你怎么用力，依然不能办到。她的眼睛像镜子一样陌生地照着你。你捡了一块瓦片把她的眼睛划破了。奇怪的是，居然没有血流出来。你更害怕了。你担心会从她嘴巴里跑出什么人来，一下子把你打倒，于是你用石子把她的嘴巴塞起来了。然后你用茅草把她的尸体盖住。反正这里没种庄稼，不会有人来的，就是放牛的人也不会来，牛一看到高速公路上川流不息的车辆就发疯似的狂奔。这时是下午两点钟左右，许多人还在家里歇凉。你回到家里，两手哆哆嗦嗦的，洗了把脸。然后你跑了一趟加油站。你买了五公斤柴油，你躲躲闪闪的，直到天完全黑了才往回赶。你翻过铁栅，沿着高速公路往前走。在这里什么人也不会碰到。如果是白天，也许不行，但现在是傍晚，不，已经是晚上了，天上有几颗星星，和远处的灯火一样在一闪一闪。再说这样也更快些。风吹在你脖子上，你还是觉得很热。你把衣服脱了。找到那个地方，你用手摸了摸，刚好就摸到了她的嘴里，你不禁倒吸了一口凉气，赶快离她远些。你就这样在茅草丛里坐了很久，蚊子在你身上叮出了许多大包，你也顾不上去抓挠。后来除了车辆驶过，田野上没有其他声音了。你把柴油倒在赵玉娥的尸体上，然后摁下了打火机。火越烧越大，路过的车辆终于打电话报了案，可等警察赶过来，尸体已烧得面目全非了，但第二天，她家里人还是一眼把她认了出来。你和赵玉娥的事是村里公开的秘密。他们马上想到了你。警察找到你的时候，你还在睡觉。但你明显没睡好。如果再细心一点，一定还会发现你头发里的草屑是不是？

来，在笔录上签个字。如果你不识字，按个手印也行。对，就这样。

好了，不用打瞌睡了，现在你可以睡觉了，放心地睡，愿睡多久就睡多久，愿怎么睡就怎么睡。小王，带他下去。

附记：

三年后，一外地司机在强奸一搭车女子并将其杀害后被捉拿归案。据交代材料，几年前他夜间行车，曾在高速公路上看到一漂亮女子，便停车将其强奸，但该女子似疯似癫，力大无比，他与之搏斗并将其掐死，浇上柴油焚烧，企图毁尸灭迹。

另，当地曾发生另一离奇命案，至今未破。一花季少女在城郊遇害，衣物被撕烂，但没有被奸污迹象。死者嘴里塞满了石子。

划　痕

　　这段时间，临海市连续出现了多起入室杀人案。虽经公安局大力侦查，案件也没有大的进展，只推断出作案者很可能是同一人，也就是说，那个家伙是个连环杀手。首先，凶手作案的时间很有规律，都是在每月的 5 号、15 号和 25 号，就像电脑病毒发作一样。因此在这些日期即将来临的时候，整个城市人心惶惶，市民们关紧门窗，躲在家里不敢出去，夜市十分萧条。可即使这样，第二天市公安局还是接到了报案。其次，凶手的作案手法都是用锐器猛击受害人头部，致使其死亡的。第三，没有发现抢劫行为，这说明，凶手不是为钱财而作案，而是一种无目标性的报复行为。这使得市民更加恐慌，案件更加棘手。市公安局连续召开了多次会议，为安定民心，市委领导作出指示，限定公安局在下一个"病毒发作日"到来之前一定要侦破此案。

　　千斤重担就这样落在市公安局刑警大队长秦大明的肩上。他多次被评为系统先进，手臂和背部也有多处伤疤，那是在同犯罪分子作斗争时留下的。有一次，他在解救被拐卖的妇女时被人围攻，有人拿刀从侧面向他头部砍来，危急中，他来不及躲避只好抬手臂去挡。反正每次出了大案要案，上面的指示最后大多还是要落到他的肩上。谁都知道，他是一个破案能手，不管什么案件，他一到现场，五分钟就能确定侦破方向。他一向不赞成机械地破案，为破案而破案。他善于抓住细节，从中找出蛛丝马迹，并从广阔的社会背景中去分析犯罪分子的动机。破案后，他还会对犯罪分子的行为和心理作出种种假设，看得出，很多时候他甚至对他们充满了理解和宽容。他的面容里有一种生动而深刻的怜悯。所以有很多犯罪分子在刑满释放后与他成了朋友。他认真地研究过犯罪心理学。对一些社会学和法律学上的问题，他也有自己的看法。比如前不久，他就和同事们讨论过严打。自然，有很多人是十分赞成严打的，但他提出了不同的观点。他说，从本质上说，严打也是对法律的一种伤害，因为它同样漠视了法律的存在。它把某种政权行为凌驾于法律之上，因此会引起一系列的社会和心理问题。对于他的观点，有的人赞同，更多的人是不以为然。

对于这起连环杀人案，他曾多次到现场察看，但没有找到任何蛛丝马迹。侦破这类没有具体作案动机的案件是有相当难度的，因为凶手与受害者之间的关系完全是偶然性的，不能用平常的因果关系去推断。类似案件最近在俄罗斯和美国都屡屡出现，警方对此大多束手无策。接到限期破案的指示，他又到几个案发现场去勘察了一下，依然没有什么进展。他失眠了。离指定的日期越来越近，下一个"病毒发作日"也快到了，他的失眠症越来越严重。压力太大了，他几乎不敢穿警服上街。老百姓在他后面指指点点啊。就是在那个失眠的夜晚，忽然有一道光在他眼前一闪，他呼啦坐了起来，想起了一个细节：在一次案发现场，他注意到墙上有一道划痕，但当时并未细想。他马上打电话叫来助手小朱。小朱这段时间也够呛，因为没结案，以致结婚都延期了。他半夜接到秦大明的电话，便预感到有戏。取得许可后两人连夜赶到那次的案发现场，秦大明打开手电筒仔细地观察起墙上的那道划痕来。划痕并不明显，但有一头很深，像一把尖刀狠狠地在墙上扎了一下然后又一划。秦大明又带着小朱来到其他几个案发现场，居然也发现了类似的划痕。秦大明兴奋起来，现在可以确定它们都是犯罪分子在作案后留下的。犯罪分子手段高明，这完全是一种下意识的动作，不然他连这个痕迹都不会留下。那么他为什么这样做呢？只有一种可能，犯罪分子是在宣泄自己心里的某种情绪。凭自己以往对犯罪心理学的研究，秦大明马上断定作案者很可能是刑满释放人员。

第二天，秦大明开始调查相关档案，根据作案范围和手段，他马上锁定了几个有作案嫌疑的人，然后逐步排查，最终确定一个叫袁阿满的人有重大作案嫌疑。在此期间，小朱曾建议他动用他的那一部分刑满释放人员的资源，因为他和他们是朋友嘛，但秦大明拒绝了，他说，不到万不得已的时候，不要打破他们现在平静的生活。侦破工作进行得很顺利，袁阿满被捉拿归案，一审问，什么都交代了。问他为什么这么做，他说，这么多年来，他的心中一直不平，觉得自己很冤，他要报复，报复！秦大明注意到，袁阿满在 1983 年曾因偷窃被判处有期徒刑十年。其实他不过偷了人家晒在阳台上的几件衣服。

那一年，全国上下正在严打，秦大明的一个小时候的朋友，因为强奸妇女被枪毙了。

# 立功记

爹说：别看你考上了公务员，领导把你当公务员你就是公务员，不把你当公务员你什么都不是。

爹说：百种道理百种难，但有一样是雷打不动的，在单位，多和领导接近，听领导的话，弄清领导的爱好，比如他爱打个球什么的，你就陪他打球，他爱喝个酒什么的，你就陪他喝酒，时间长了他就不把你当外人了。

爹是个农民，没读过什么书，但对官场上的道道，好像比谁都懂。那天我接到报到的通知，爹拿过去看，爹不认识字，只看通知右下角鲜红的公章和公章里的五角星。爹甚至还很内行地说，没有五角星的章子是算不了数的。我明天就要到新单位去上班，爹这几天一直在我耳边唠叨，唠得我都烦了。

不过我也知道，爹的话无疑都是正确的。爹的话就是群众的话，群众的话都是经验之谈，颠扑不破。虽然不是直接经验，但很多时候，间接经验比直接经验更有用。我的第一个领导果然喜欢打球。打乒乓球。喜欢打球的人不打球是很难受的，领导有时会郁郁寡欢。所以我及时地向领导汇报，说我喜欢打乒乓球，领导闻言大喜，说好啊，那我们什么时候去抽一盘。领导用了一个抽字，可能打球的水平很高吧，结果我发现领导的球艺很差。跟球艺差的人打乒乓球，要经常捡球，发球，有时候还要故意输几板，显出自己的球艺更臭。领导高兴地说：我们可是找到对手了。此后我就经常陪球艺很差的领导打乒乓球。

没想到，没过多久，这个领导就调走了，来了一位新领导。新领导

也喜欢打球，不过他喜欢的是保龄球，仿佛知道他的前任喜欢打乒乓球，他说：乒乓球算什么玩意儿，太小儿科了吧。他喊我：小周，陪我打保龄球去。保龄球是一种高雅的活动嘛。于是，只要新领导一有召唤，我就陪他打保龄球去。但打保龄球没打乒乓球那么简单，得到专门的保龄球馆去打，每次收费也是不低的。虽然大多数时候，领导都以别的名义报销了，但也有好几次领导忘了，不用说，那些钱都是我垫的。

新领导的爱好很广泛，除了打保龄球，还喜欢美食，唱卡拉OK，跳舞，旅游。领导到外面出差也喜欢带着我。有一次，领导带我去喝茶，喝了茶之后，领导说：时间还早，小周啊，今天我老婆不在家，咱们去找点乐子吧。我不知道领导要找什么乐子，但我预感到不是什么好乐子，便说，我想早点回去。谁知领导马上把脸沉下来，说：干吗那么急，有女朋友在房里等你啊。我忙说没有没有。领导说：那你就陪我去。领导把我带到了一家娱乐城。领导叫了两个小姐来给我们按摩。我说：我不太习惯按摩，还是到外面去等你吧。领导又不高兴了，说：小周，我是不把你当外人，才在你面前这么放松的。领导的话看似轻描淡写，其实再有分量不过了。我只好又陪领导按摩。

回来后我想，也许领导的确没把我当外人，才这样的，在一般情况下，领导怎么会让下属知道他的私生活呢？这样一想，我反而有些受宠若惊了。

掌握了领导的秘密的人是很危险的，我深知这一点，因此从不把这些事情告诉别人。

领导对我越来越没有保留了。他跟我谈他的情史。他的升迁记。当然也少不了吹嘘他的政绩。领导带我去更热辣火爆的场所，或去宾馆开房。领导把一沓发票给我，叫我填个报销单。事后领导也扔一沓钱给我。

后来，领导带我去了澳门，到了那里，我才知道领导拎了整整一手提箱钱。领导说：我们争取把一箱子钱变成两箱子钱。可结果，领导只剩下了一个空箱子。领导说：别急，任何事情都是有风险的，过一段时间我们再来扳本。没多久，领导又带我来了。这次，依然只剩下一只空箱子。

领导的事终于败露了，先是被双规，然后是审讯，再是被判刑。作为同谋，我也被关进了监狱。我想为自己申辩，可是只有我和领导同流合污的证据，没有证明我清白的证据。

　　爹从乡下赶来探监。我对爹说：隔壁牢房里，关的就是我们单位的领导，我先是陪他打球，然后陪他唱歌，再是陪他嫖妓、赌博、贪污、挪用公款，现在我在陪他坐牢。

　　爹说：孩子你做得对，等他出去了，你的功劳又大了一倍。

 # 投资记

　　我从师专毕业时，本来是要到学校去教书的，但家里人合计了一下，决定不让我教书，而要想办法把我活动到政界去。他们是：我父母，大姐，二姐和二姐夫。我父母一辈子没做过什么大事，也没什么经济能力，但大姐、二姐和二姐夫都是做生意的，赚了很多钱。他们说：我们家什么也不缺，就缺个当官的，这一次，我们不妨调整一下投资方向，把你送到政界里去，你就沿着我们指引的道路前进吧。

　　为了能让我从政，两个姐姐花了很多钱。她们不愧是生意场上的老手，做事大刀阔斧，舍得下本钱。五千六千扔出去了，五万六万也扔出去了，但她们一点也没犹豫。她们大概在想，日后我有出息，还怕她们的那点投资赚不回来？在她们的运作下，我顺利地走上了从政的道路。

　　我先被安排到机关当秘书。我是学中文的，别看这个专业在其他领域不吃香，但在机关里就大有用场。试想，机关里的秘书哪天离得开公文写作？领导的发言稿，各种规划和总结报告，还要草拟文件和负责对外宣传。我热爱过一段时间的文学，偶尔也写写画画，毕业后还经常到邮亭里买文学杂志看。刚到机关时，我很高兴，心想每天坐在那里写写东西，不是很好么？但我很快发现公文写作实在是讨厌，写出来之后根本看不出是自己写的。我老是盯着它们发呆，心里说，这是我写的吗？我写的和别人写的有什么区别？因此一开始我尽量想让那些公文看起来像我自己写的。但在送给领导审阅的时候，领导目光如炬，一下子就把我自以为得意的地方删掉了。我听说我们领导以前是个司机，给一个老领导开小车。后来老领导提升了，就让他的司机也做了领导。有一次，

我在给领导写发言稿时拿驾驶车辆来打了个比方，结果领导十分赞赏，连连夸我写得好。当小车司机出身的领导，肯定是希望走很多人都走的路，别人没走过的路，他怎么愿意费神去走呢？当然，这并不是主要的，主要的是我觉得自己根本不是从政的料子。我的性格跟我的职业所需要的性格完全相反。比如，我讨厌应酬，不喜欢说假话、套话，不喜欢老跟在领导屁股后面转，不喜欢读厚黑学、菜根谭和官场三十六计，不喜欢喝酒赌博跳舞抽烟，不会和上面、下面都打成一片，更不会向领导打小报告，当面一套背后一套，阳奉阴违欺上瞒下甚至落井下石。我很痛苦。有一天我无意中照了照镜子，发现眉心有很深的"川"字，仿佛有个人站在上面说逝者如斯夫。于是我跟两个姐姐说：我不想当这个秘书了，我还是想回学校教书。

两个姐姐从鼻子里哼了一声，说：那我们的投资岂不白费了？

我说：我以后还你们。

两个姐姐说：不行，你一定要干下去。接着，她们又历数了当秘书的好处。她们说：现在的领导有几个不是从秘书干起的？就像我们女人，总有一天媳妇会熬成婆。在适当的时候她们又投资了几万。她们知道，随着她们的投资越来越多，我不再会提我不想干了。她们就是要让我形成一个观点：我欠她们的。她们要让我债台高筑，不当官就还不清欠她们的债。

我也憋了一肚子气。我想，那好啊，总有让你们后悔的一天。

从此我以一种破罐子破摔的态度努力适应官场。除了几本官场小说，我把其他的书都烧了（顺便说一句，中国的官场小说倒有很多是官场指南）。我是一个有自虐倾向的人。我大口喝酒，说粗话，赌博。一有领导在场上我就输，领导不在场我就赢。当然赢了也不往口袋里塞，要和别人一起到酒店或舞厅把它花掉。我看着自己像一条狗似的跟在领导身后，几乎要用猩红的舌头舔领导的皮鞋和裤脚。我说假话已经很流畅，很动听了。我写的公文也越来越让领导满意。我既谨慎又放肆，既谦虚又狂妄。我开始无中生有，背后放人冷箭，别人摔倒了我会再踩上一只脚。不久领导担任县里重要职务，我也就成了一个重要办公室的主任。

两年后，我有了更大的权力。

我开始接受别人的贿赂，有时候还主动索要。不然就对来找我办事的人百般刁难。我的每一次敲诈都非常成功。我已经不把自己当人看自然也就更不把别人当人看。我对我的两个姐姐非常苛刻，她们想利用我的关系把生意做得更大，但我一直不肯答应。她们暗示我要饮水思源，要知道，她们的投资还没有收回呢。我说：急什么，有好日子在等着你们。我的这种不徇私情的作风为我带来了很高的声誉，不久我进一步升迁。我的两个姐姐也好像恍然大悟，说不愧是我们的弟弟啊！

我越来越疯狂的腐败行为，终于引起了有关部门的注意。几个月后，检察院提起公诉，我被判处十五年有期徒刑，非法所得被全部没收。面对前来探监的两个姐姐，我似笑非笑地对她们说：现在看来，你们的投资是永远也收不回来了，你们可是亏了大本啊。

剃　刀

　　我知道，我这样做有些自不量力。剃刀这么小，而世界那么大。这绝对是一项艰巨的工作。以前，我似乎不知道世界上有这么多脑袋，现在，吓，它们一下子挤到我狭小的店里来了。每个人都顶着脑袋来找我，使我感到自己的事业很重要。

　　在此，我不得不佩服我老爹。当我不愿读书退学回到家里，他一扫脸上的阴云，说：好孩子，你终于回来了，你不知道，爹对你多担心，你再那么读下去，迟早要读出问题来。其实，不光爹这么想，我自己也这么认为，只有我们老师没看出来，他还一个劲地鼓励我多读书多做习题。老师说，当你把铁棒磨成针你就会成为李白，当你开始思考苹果为什么不往天上飞而往地上掉你就会成为牛顿。可我既不想成为李白也不想成为牛顿。我最有可能成为的是陈景润。我像他一样，经常走路看书并把脑袋碰到电线杆上。但后来，老师从抽屉里把我的书搜出来，对我说，看这样的书，你永远也成不了陈景润。

　　我看的是《雪山飞狐》。

　　爹这辈子，最脸面的是有一次帮我们县里的书记剃头。那时他还很年轻，县里的书记会亲自来店里剃头。后来，他们就不来了，叫他去。再后来，他们就不要他剃了，据说坐飞机到北京上海和巴黎去剃。他说爹的手艺落伍了，领导们不要我服务了，孩子你一定要好好干，争取以后为县里乃至省里的领导们服务，那样，爹的理想也就实现了。

　　爹说我有悟性。他在把看家的本事都传授给我后，就像个领导似的退居二线了。一次喝多了酒，他醉眼蒙眬地对我说：你办事，我放心。

我想，人真是怪，都要长颗脑袋，而且每颗脑袋里都有稀奇古怪的想法。有时候，我有强烈的冲动，想拨开头发看看那些想法到底是什么。我猜那一定很有趣，就像小时候看万花筒一样。

　　有人说，我们小城里到处都是文化。的确。其实有很多著名的人物和历史事件就产生在这个小城里，而且它还在不断发生。一个教书的先生因失恋离家出走，若干年后他说的许多话都印在书上。一个爱打架和调戏妇女的二流子，在杀人之后跑掉了，后来成了将军。一个女孩子被人抛弃后成了妓女，若干年后她嫁给了一位大名鼎鼎的人物。东门的大沙湾，从几百年前甚至更早就成了专门杀人的地方。不同的朝代都在那里杀人，绑匪在那里撕票，痴情女子在那里殉情，黑道双方在那里对决。现在，每年一次或几次的枪决也是在那里进行。有贪官，也有许多一无所有的人。在我们小城，还有几个杀人谜案至今未破。有好几部电影和电视剧在我们这里拍摄。至于在我们小城吃喝玩乐后写下文章的人更是不可胜数。

　　一个月前，我们这里又出了一个贪官，据说他贪污的钱比全省的钱还多。当然他不是在我们这里被抓住的。他在我们这里做书记的时候，发明了许多好玩的戏法，比如他把全县的重要官衔写在小纸条上，让大家抓阄，抓到了哪个职位，它就是你的。所以我们小城里的官都是抓来的。如果你跟人说某某被抓起来了，对方一定不会惊讶，他还以为某某又抓了个好阄。有人提醒书记说我们县里的财政赤字已经很严重了，已经把二十年后的钱都用掉了，书记笑着说没关系，这就像很多人担心性别危机，其实是没必要的，男人难道不可以找岁数比他小的女人么？现在我们用二十年后的财政，正是老夫少妻，幸福指数高得很。他升官离开我们县里的时候，许多单位有大半年没发工资，至于那些边远地区的学校，都好几年没发工资了。工业园那些匆匆点火上马的工厂，烟囱早已冷却。红火的厂子也有，但那里树木全死寸草不生，周围的农田长不出庄稼，蔬菜变了颜色，江里的鱼莫名其妙地浮尸，老百姓得了各种莫名其妙的病。他真正离开我们县城的那天，老百姓放起了鞭炮，但市电视台的记者把它说成是盛大的欢送会。这不是放屁吗？不久，他又升为市长，市委书记。他被查处的时候，在城里的旺铺不下于五十间。还有人以他为题材写了很厚的反腐小说。不过，这跟我们小县城又有什么关系呢？他当初像颗爆竹似的弹上天时留下的那个大窟窿再也填不上了。现在，我们依然呼吸着被污染的空气，喝着被污染的河水，紧巴巴地过着日子。所以我想，当初如果我在路上碰到了他并且知道他是个贪官便把他干掉了，那多好，即使为此送了命我也在所不惜。

我的这个想法决不是一时冲动。早在学校读书的时候，对着厚厚的历史课本，我常常想入非非。我唯一有点喜欢的课是历史课。我的目光总是在某个历史性的关键时刻流连。我浮想联翩，开始了各种假设。晚上，我躺在黑暗中，设想着那些激动人心的场面，兴奋得睡不着觉。在我的想象里，项羽把刘邦干掉了，诸葛亮取代刘禅当了皇帝，岳飞杀掉了秦桧，江青没嫁给毛主席……

既然谁都是要剃头的，那最有可能改变历史进程的，就是干我这一行的了。事实上，我从没在历史里发现过类似记载，这真是一种遗憾。如果可能，我要成立一个组织，让所有的剃头匠都联合起来。全世界剃头匠联合起来！

我开始留心察看我手下的那些头皮了。他们的各种想法如小溪一般从我手下汩汩流过。有的人在琢磨着怎么和女人约会，有的人在琢磨着怎么多赚钱，有的人在诅咒另一个人，有的人在跟自己的内心搏斗。

这天，一个面容清秀的人来到了我这里。见我正忙着，他不声不响坐在那里，拿起一份县里摊派的报纸随便翻起来。过了一会儿，我给他围上披布，开始梳剪。他心里在嘀咕着什么。于是我便知道，他是一个毕业不久的大学生，本想干自己的专业，可家里人尤其是他的两个姐姐和姐夫却一定要他去考公务员。他们是做生意的，赚了很多钱。他们说，我们家什么也不缺，就缺个当官的，这一次，我们不妨调整一下投资方向，把你送到政界里去，你就沿着我们指引的方向前进吧。起初他不肯，可他们说他忘恩负义。他当初读大学的钱都是他们出的。他咬了咬嘴唇，说，好，那我就听你们的。他已经打定了主意。他想，总有让他们后悔的一天。而让他们后悔的最好方式，就是眼看着到手的鸽子却飞了。他要一个劲地往上爬（自然，他们的投资也越来越大。要钱的时候，他把手一伸，什么话也不说）。从秘书到办公室主任，再到局长县长市长……现在的省委书记，据说当初不过是个大队的会计呢。要充满信心，迎难而上，破罐子破摔。他将吹牛拍马，阳奉阴违，贪污受贿，无恶不作，然后咔嚓一声被关进牢房，就地正法。他的所有非法所得都将被拍卖充公。这样，姐姐他们的"投资"岂不要完全落空！他越想越兴奋，脑袋甚至得意地摇摆起来。

我想这样下去可不得了。他肯定会把我们弄得更加鸡犬不宁，民不聊生。趁他现在还没成气候，趁某段历史还在萌芽，我用力摁住了他的脑袋，然后用剃刀在他脖子上一划。血喷了出来。我说了，我工作艰巨。我得用一把剃刀阻挡住滚滚洪流。我转过身来，用报纸冷静地擦掉剃刀上的血迹。我恍惚记得，那报纸上有一篇叫作《投资记》的小说。

 **通俗故事**

铸剑人久久地盯着炉火。他的瘦而白的胸脯在剧烈地起伏。作为一个铸剑人，怎么会有这么瘦而白皙的胸脯呢？这是一个秘密。其实，那些已经公之于众的秘密，并不是真正的秘密。真正的秘密是不会有公之于众的那一天的。

铸剑人稍稍抬起他的眼睛。那双眼睛的明亮程度，会令所有看到它的人大吃一惊。它像一道白光，一阵飓风，从深不见底的眼底旋刮出来。它们明亮得近乎失明。明亮得像两口漆黑的井。忽然，有几条蛇从井里爬出来，铸剑人的嘴角浮起一丝冷笑。

作为一个铸剑人，他深知一把剑日后所要担当的使命。每一把剑，命中注定都是要嗜血的。剑的光芒，完全要靠血来养。是血，使得剑体雄浑粗壮，光芒不断。现在，铸剑人提前听到了那些呐喊和呻吟。听到了寒光一出江山冷。听到了江城五月落梅花。红梅与白梅争奇斗艳，向来是名利场上的灿烂景象。铸剑人忍不住长啸起来。他此生最大的遗憾是不能亲自参与厮杀。这也是一个悖论。铸剑人的剑从来都不是给自己使用的，这使得他在多年的铸剑生涯中凝聚了太多的向往和痛苦。它们在他心中越来越大，成为一个铅团。他的剑越铸越好，然而它们也离他越来越远，最终完全消失在时间深处。一个阴谋狞笑着爬上他的嘴角，那个折磨了他很久的跃跃欲试的念头终于跳出来了。他要把他的所有幻想、邪恶念头和内心的黑暗风暴熔铸到这把剑里去，让它去完成某种使命。

铸剑人感到他一生中的重要时刻已经来临。他闭紧双目。一道白光从炉中升起，穿过了铸剑人的心脏。铸剑人发出了一声类似于安慰和某种期待的叹息。经铸剑人的心脏和血液检验之后，它迅疾地从窗子里飞了出去。

实际情况是，剑的光芒飞了出去，而它的身体还留在这个茅草搭成的小屋内。它随着铸剑人尸体的腐烂慢慢被尘土掩埋了。它的重新出世要等到许多年后的一个下午。那天，一个少年在没有任何预知的情况下发现了它。仿佛它一直在等着他似的，少年从那里经过，听到了刀光剑影的声音。少年好生奇怪，晴朗白日，辽阔平地，哪里来的厮杀之声？虽然少年从小就渴望厮杀。每天夜晚，他都梦见自己忽然有了非凡的武功。少年走近了那间茅屋。他再次感受到了奇怪。一间茅屋，看样子，不知有了多少年，经历了多少风雨，可是居然没有倒下！墙面看起来纹丝毕现，伸手可触，可越看它越不真实。像是一个幻影。少年感受到了某种神秘的力量。他被它吸引，走了进去。就这样，他看到了那把剑。屋里光线黯淡，但不知怎么回事，少年就是看到了那把剑。它插在地上，发出了黑色的光芒。黝亮的，像一只狐狸。比动物的毛皮还光滑。少年把剑抽了出来。这时，有一粒灰尘掉在剑刃上，少年听到了尘埃一分为二的巨大声响。少年拿着剑刚走出门外，那茅屋立时就倒下了。

没有一丝烟尘，也没有半点声音。

这件事，少年没告诉任何人。为什么要把它告诉别人呢？有了宝剑的少年开始没日没夜地练习武功。他惊讶地发现，不是他在指挥剑，而是剑在指挥他。少年在武术里越来越随心所欲了。往往是，他的心思到了哪里，剑锋就已经指向了那里。他和剑融为一体了。如果他的手离开了剑，就觉得少了什么东西，极不自然。就是吃饭和睡觉，他也是剑不离身的。十八岁那年，少年的父母为他娶了亲。洞房之夜，少年把剑放在了枕头底下，吓得新娘子尿了裤子，从此夫妻之间再也没有好起来，以至后来他完全断绝了男女之欢。二十岁后，少年觉得有必要去外面走走了。他要试试自己的武功练得怎么样。临行的前夜，他听到那把剑在鞘里发出了类似于骏马奔腾的欢叫。

少年这一走就是十多年。回来的时候，脸已经藏到了茂密的胡子里，上面隐隐约约有些伤痕。有的还很深，像一条蜈蚣。出去的时候风流倜傥，现在袖子一抖，就会有一些风沙洒落下来。衣服皱褶里散发出不同族类的味道。南方的，北方的，马群里的，羊粪里的。大家根本没意识到他带了剑，因为那把剑在他的手里一点也不张扬，就像马靴上的扣子，衣服上的口袋。大家不知道那把剑在什么地方，仿佛什么地方都没有，又仿佛什么地方都有，好像他全身都是剑，他本人就是一把剑。他看着人的时候，那把剑就从他的眼睛里刺射出来，发出犀利的光芒。大概是为了不使眼里的光芒过于咄咄逼人，他闭门不出。只在夜深时，才有人看到那高宅深门里闪出一道白光，并经常听到跳墙和打斗的声音。当然那声音是非常诡秘的，和其他人的生活毫无关系。金属的撞击和溅射的火星散落在黑暗的夜空。长啸、狂歌还有负伤而逃的恨恨声常常让村里人从睡梦中惊醒。有几次，村里人第二天一早起来，还在院墙外发现了逶迤的血迹。

但不知从什么时候起，村子里忽然又平静下来了。金属的撞击声没有了，恨恨声没有了，舞动的白光也没有了。

又过去了很多年，村子里又出了练武的少年。少年到外面去闯荡了一番，带回来一个惊人的消息：原来，高宅深门里的那个人，是当代最有名的剑客，人称飞雪侠。据说他使起剑来，有如雪花隐形，手中一柄宝剑，状似钝铁，像在昏睡，然而关键时刻猛一睁眼，射过一道白光，能将一粒灰尘劈成两半，世称盘龙宝剑，不知为何人所铸，煞是厉害，往往是剑锋过后，才闻其声，轻轻一掠，所经处，人影倒下，不见血迹。仿佛它是一条蚂蟥，见血迹便尽数噬去，因为那剑体越来越通体红亮，圆润饱满，和一般宝剑大不相同。据说，那人独创了一套盘龙剑法，出神入化，玄妙无比，已经打败了天下所有成名的剑客，现在，只有打败了飞雪侠的人，才能成为天下第一剑客。为此，许多人来找他比剑，逼他出招。当然，都被他轻而易举地打败了。据说还有不少剑客含羞自尽。

这就是那时候村子里一直不太平的原因。后来飞雪侠突然失踪了。他隐居到了一个不为人知的地方去了。从此，天下所有想成名的剑客，要做的头一件事就是找到飞雪侠，和他比剑，谁夺到了那把盘龙宝剑，他就是天下第一剑客，他就是剑中之王。

　　故事开始了。

 # 出差记

单位安排我和老苏去 S 市出差。我和老苏都是单位上的边缘人，按道理，这样的美差轮不到我们，但最近，领导们都很忙，不是进京学习，就是出国考察。S 市是一个地级市，以温泉而著名，几年来，一直在挖空心思提高知名度。不久前终于有人恍然大悟：S，不正是个前挺后翘、丰乳肥臀的美女吗？我和老苏进入 S 市的时候，红唇白齿、鲜艳欲滴的宣传标语仍在每一个路口招展。

于是免不了一番应酬。接待我们的是许主任。一看，他就是老干部办公室工作的。唯一美中不足的，是两个人住一个房间。老苏威胁我，说他呼噜可大了，我说，最近我家楼后面天天在挖地打桩盖房子，我不怕。晚宴时许主任答应再开一间房，不知怎么，酒后又没了动静。

那天晚上，老苏的呼噜里忽然跳出一句梦话：他妈的。

第二天，到了会场，才知道开的是一个关于能源节约暨推广牌太阳能热水器的会议。参加会议的人不多，但也不少。老苏和我作为省里来的领导被推到了主位。看着下面几十个人头几十双眼睛，我不禁发怵。我悄悄跟老苏说：这个会跟我们平时的工作好像没什么关系啊！老苏说：也不一定，能源危机现在是世界性的话题。

主持者先介绍了台上的各位领导，然后请许主任先发言。许主任说：按道理，这个会早该开了，早开一天，就多一天发挥作用。节约能源，既是个老话题，也是个新话题，可以说是一个常谈常新怎么也绕不过的话题，一个永恒性质的话题。没有能源就没有发展，要更好地发展就要合理利用能源，那种竭泽而渔的土方法已经不适应世界潮流，更会祸及

子孙。关于能源的使用问题，目前主要有三种观点。第一种是节约，认为地球的能源是有限的，这一两百年，物质的发展是以前所有世纪的总和，但对能源的开采使用甚至竭尽破坏，也是以前所有世纪的总和。所以必须提倡节约，许多能源是不能再生的。第二种是开发新能源。这一派认为，传统能源总有穷尽的一天，靠节约不能从根本上解决问题，反而对快速发展形成令人讨厌的掣肘，最好的出路是发现新能源，发明新能源。比如石油价格现在越来越高，如果能用其他能源来代替石油，那石油的危机不就没有了？再比如，电能现在也越来越紧张，如果推广太阳能，更普遍地使用太阳能，那电能的危机不也可以得到很大缓解？第三种是把前两者结合起来，既要节约，也要大力挖掘、推广新能源。我个人比较倾向于第三种观点，把两方面的好处都得到了，既有传统性，也有现代性。这次我们要在全市的范围内推广太阳能，就是这一思想的具体实践。我们不但要推广太阳能热水器，还要推广太阳能照明，太阳能取暖和太阳能发电。太阳能源源不断，取之不尽用之不竭，我们可以永远使用下去。今天上午的会议议程大概是这样的，我讲了这个开场白之后，就请省里来的苏主任作重要指示，然后请我市著名企业家牌太阳能热水器公司经理兼党委书记杨同志发言。

下面响起热烈掌声。牌太阳能热水器我还真的没听说过，不知道质量如何。若质量不过关，那还没有节能，就先要浪费很多钱了。很多时候就是这样。难道因为钱是印刷品能多印"再生"，就可以浪费了吗？

老苏开始讲了。他抽了口烟，说：不好意思，昨晚没睡好，两个人睡一个房间互相受影响。今天这个会，我看开得很及时很有必要，许主任说得对，节约能源是个老话题，但永远是个新问题，为什么？因为许多人并不把它真当一回事，以为不过是走走过场。说到节约，依我看，像这样不痛不痒的会就要少开或不开，一个会，到底能解决什么问题呢？也许什么问题都解决不了。比如你杨老板要卖太阳能热水器，肯定不是在这个会上卖的，肯定早已和相关领导拉好了关系，谈好了合同，是吧？开会是什么？开会就是浪费，就是吃喝玩乐。不管你是一村一乡的会还是北京上海的会，都一样。就是很多高级别的会，不也有人在流口水打瞌睡吗？要节约，首先就要少开会。每开一次会要浪费多少钱?！最好笑的是，有一次我们单位居然开了一个关于开会的会，关于如何提高会议效率发挥最大作用的会。这就像反贪局一样，反来反去，反贪局就成了最腐败的地方（众人笑，掌声）。再比如，一个人花了若干经费和时间，研究出一个"了不起"的成果，那就是，烧半壶水比烧一壶水快。你们说，这叫什么研究?！

老苏正讲得起劲，他的手机响了。他把它静了音并调成了震动。他停顿了一下，继续往下讲。但手机根本不买账似的仍在那里跳个不停。好像铺了红天鹅绒的桌子发了地震。他只好跟大家说，不好意思，单位上要求24小时开机，成习惯了。他把麦克风挪开一点点，又把身子转开一点点，这样，麦克风就不能把他的话抢过去放大。我因坐在他旁边，还是听到了他的嗯嗯啊啊。

——什么？正在开会啊！我们昨天上午就来了！什么？人家说我们没到会，这不是睁眼说瞎话吗！关于能源节约的会啊，什么？不是？那是什么？新产品的设计与创新？难道我们跑错了会场？是许主任接待我们的啊，难道您不认识许主任？

老苏一边说话，一边用手抹着额角。

他低声跟我说：我们跑错会场了。他又把身子转向那边跟许主任说：抱歉，我们跑错会场了！

许主任也压低声音说：不要紧，你接着讲。

老苏有些意外，望着许主任，说：不好意思，我刚才跑题了，说了不该说的。

许主任说：没事，你这叫欲扬先抑，欲纵故擒，更容易抓住听众。

老苏眼睛一亮，感激地说：我心眼太小。

许主任说：怪我记性不好，刚才听你讲话，才忽然记起来。

老苏说：你看，我脸都红了。

许主任说：这叫精神焕发。

老苏说：怎么又黄啦？

许主任说：防冷涂的蜡。

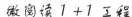
——原来你也喜欢革命现代京剧!

两个人几乎是同时这么说。他们相互微笑致意。好像刚刚跨了林海，穿了雪原。

于是老苏的发言来了个一百八十度的大转弯，表明在此次会议上推广牌太阳能热水器是如何的必要，该产品是如何的优秀，这将给全市老百姓带来怎样的好处，给节约能源做出多大贡献。老苏讲完了，许主任拿过麦克风，对台下说：很遗憾，苏主任他们很忙，还要去参加附近一个宾馆里举行的另一个会议，不能继续参加我们的会了，我提议大家热烈鼓掌欢送一下他们!

台下响起热烈的掌声。

许主任名正言顺地送我们到门口。老苏仍一个劲地说：实在不好意思啊!许主任说，其实他昨天下午就已经知道了。

老苏很惊讶，说：那你为什么没及时告诉我们?

许主任说：这就要轮到我不好意思了，我们这边，刚好省城里的两个人来不了，我就想借你们救一下急。

老苏说：没什么，很高兴认识你许主任，只是我们差点连差旅费都报不了，呵呵。

许主任拿出两个红包，说：本来想晚上给你们，来，这点小意思，请你们收下。如果那边宾馆的住宿条件不如我们这边，随时欢迎你们回来。我们还没泡温泉呢。

老苏紧握许主任的手。

于癫子

于癫子就是我们村里那个疯疯癫癫的人。什么样的人才是疯子或癫子呢？现在我们算是明白了，就是我们说他疯了他坚决不承认的那种人。就像一个人喝多了酒怎么也不会主动放下酒杯。

于癫子的疯癫首先体现在，他是一个农民，却不好好种田，经常坐在那里，像模像样地关心起国家大事。如果你到他家里去，快步抢到你眼睛里来的是一台黑白电视机，放在堂前正中央的桌子上，像只巨大的眼球瞪着你。你说，在我们村子里，有谁把电视放在如此显眼的位置呢？别人都是把电视机放在条台或睡房里的小桌子上，睡觉前靠在床上边打呵欠边瞄那么一会儿，还有很多人的电视机完全是个摆设，要到过年时才放上那么几天，平时都用厚厚的红布盖着，生怕灰尘躲到里面去了。很多人都认为看电视既浪费电又消耗精力，可于癫子的电视机就放在吃饭用的桌子上，它把茶壶、咸菜罐和开水瓶都挤到一边去了。吃饭的时候，他就把菜碗放在电视机跟前，一边吃饭一边看电视。电视机正对着门，他把门开得大大的，这样他家的门也到电视里去了。他喜欢他家的门在电视里的样子。不但是门，他还喜欢让自己在电视跟前晃来晃去，这样他就在电视里看到了自己的影子。每次恋恋不舍地把电视机关掉的时候，他总忘不了瞄一眼那个模模糊糊的自己。他对着里面手舞足蹈，做鬼脸，嗷嗷叫着。他从来没找到过老婆。村里人说，像他这样的人如果也能找到老婆，那狗也有裤穿了。晚上，他更是要把频道调来调去，放到很晚。好像电视就是他老婆。而且电视频道那么多，就像他老婆也有那么多一样。

你别以为于癫子像许多人那样，老是看那些莫名其妙又臭又长的电视剧和弱智的综艺节目，不，他从来不看那些无聊的东西。他只看新闻和与新闻相关的节目。他关心国际国内大事，关心政治、经济、军事和外交。其实他的文化水平并不高，初中都没有读完，但他听得懂许多专有名词，知道巴勒斯坦和伊拉克，知道美国总统在克林顿之前是老布什，在克林顿之后是小布什。知道苏联已经不是社会主义国家了而朝鲜还是。知道朝鲜经常有人跑到韩国也就是另一个朝鲜去。他一边看电视新闻，嘴里一边发出嘀嘀的声音。仿佛是赞同又仿佛是嘲笑，仿佛是疑惑又仿佛是恍然大悟。而我们在看新闻的时候，总是双手放在膝间，瞪大眼睛脸上庄严肃穆。

于癫子让我们目瞪口呆的则是，他总能把国际大事和我们村里的那些平庸可笑的事情联系起来。比如在看到一个国家欺负了另一个国家，结果只赔了很少的钱的时候，他就说，这就好像一个人打了另一个人一耳光，然后把一分钱扔到地上叫对方捡起来算是赔礼道歉。我们村子里也的确发生过这样的事情，有一次，高大强悍的于建军和矮小的于小龙在村道上狭路相逢，他们的父母有点宿怨，于建军忽然就打了于小龙一巴掌。于小龙面红耳赤，但他根本不是于建军的对手，所以当于建军又摸了摸他的脸的时候，他感动得眼泪都快要下来了。他想，如果不是于建军把他的脸摸一摸，那他真不知道怎么见人和做人了。后来他便和于建军成了好朋友，经常请于建军到他家里来喝酒，并且让他老婆坐在于建军旁边。后来他又补充说，不过区别也是有的，一个人打另一个人的时候，打死打伤了都要犯法，而一个国家攻打另一个国家，不管死伤了多少人好像也不犯法。

于癫子喜欢跟我们小孩子在一起玩。他说小孩子更接近世界的本质。而他跟我们在一起玩的时候也好像是个小孩子，不，甚至比我们还没有头脑。我们叫他干什么他就干什么。我们说，癫子，你给我们打几个老虎罩吧，他就在稻场上给我们打老虎罩。他像做广播体操那样把两条手臂平举抬起，再一手叉地，以它为圆心以整个身体为半径划了个半圆，然后稳稳站住，接着划下一个半圆。他一圈老虎罩打下来，就能准确地说出稻场的直径是多少，圆周是多长。他的老虎罩打得很漂亮，我们模仿了很久总还是觉得不如他。打个比方吧，他打老虎罩像白鹤展翅飞舞，我们打老虎罩像蛤蟆乱跳。如果这时我们自惭形秽满怀嫉妒，那我们就不怀好意地叫他给我们滚地雷。他一听，便赶忙坐在地上，用手抱住两脚，像只球一样在地上滚动起来。他一边滚我们一边喝彩，他滚得很起劲，额上的青筋暴跳了起来，汗珠就很肥地爬在那青筋上，像是树枝上的花苞。如果他不高兴，那他怎么也不会滚。他把两只手互相袖着，一个劲地说：不是滚了吗？不是滚了吗？

有一次，他忽然从屋里冲出去，把一个从他门口经过的孩子弄得哇哇大哭。他一会儿恐吓孩子一会儿用力掐孩子的脸。孩子的爹娘找上门来，他说，这就像一个国家打另一个国家，我是超级大国，你儿子是一个小国，这有什么大惊小怪的呢？小国就是该让大国欺负的。孩子的爹娘没有办法，只好把他也打了一顿，他抱着脑袋叫道：不好了，几个国家组成联军攻打我了，把我逼急了我就要像萨达姆那样放导弹了。

如果家里有别人在，于癫子往往一边看电视一边大肆评说里面的内容。当然大人是不会到他家去串门的，那一般是我们小孩子。我们又没有事做又好奇。他说得很有劲，把痰都喷到播音员的脸上去了。我们团结在他周围，他看电视，我们看他。他在看那些有关外交的新闻的时候，往往会回过头来，对我们说：咦，这不跟你们差不多么？一个说，你不要跟他好要跟我好，一个说，好，我答应你不跟他好跟你好，还有一个恐怕既跟你好也跟他好，你们当然讨厌这样的人，你们骂他是两面派，结果谁也不跟他好，是不是？

不知从什么时候起，他变得有些鬼头鬼脑的，像是在哪里捡到了大便宜或得到了什么秘诀。有一天他到乡里的文具店里买了几大瓶墨汁和一支很大的毛笔，这样的墨汁和毛笔在我们村里的小店里是买不到的。于是第二天早上起来，我们惊讶地发现，每户人家的墙壁上都被写上了不同的国家名字。村长家的房子写的是美国，其他人家写的分别是英国、德国、法国、俄罗斯、日本、加拿大、伊拉克等等。最穷的人家他写的是伊朗、柬埔寨和朝鲜。然后他开始在村子里周游列国。他跑到美国说伊拉克又在说你的坏话呢，他跑到日本说美国佬以前拿原子弹炸你你都忘了么？他跑到法国说你们要是和德国联合起来，美国佬又敢怎么样呢？他跑到朝鲜说你们去偷啊抢啊绑架啊，现在好多人都是这么干的。

最可笑的是，于癫子居然要参加村长的竞选。别人不到他家里串门，他可以到别人家去串门嘛，谁要是不开门把他惹恼了，他大概会在人家的墙壁上写上"基地组织"或"本·拉登"。他对大人们说：怎么不选我？选了我，我保证让大家都过上好日子，如果没选我，等我当了村长，就别怪我对你们不客气了！告诉你，我上面有人，上面的关节我都打通了，现在只是个形式问题，所以你不选我我也还会当村长，对我没什么损失，但对你来说，你已经得罪了我，想一想，选我好还是不选我好？我可帮不了什么忙，你自己拿主意。有一年，我们村和另一个村打官司，按道理，对方要赔我们村里很大一笔钱，可村长大方地说：我代表全村作出决定，这笔钱我们就不要了，只要你们以后对我们好就行。说实话，这时是于癫子跳了出来，和村长唱对台戏。他说：你有什么权力代表别人？至少，你不能代表我！你没这个权力！你更没有权力代表全村！你说，你凭什么代表全村？我们全村人的脑袋加在一起有好几千斤，你的脑袋才多少斤？

当然，于癫子的疯话是没人听的。如果我们听了于癫子的话，那我们不也是癫子了？也许正因为如此，我们村里至今还是一片和平，没出什么乱子。

歌唱家的奥秘

不知从什么时候起，我说话出现了问题。它在舌尖上爬不上去。又像喉咙里有一把大剪刀，我要说的话，一到了那儿，就战战兢兢，不敢往前了。如果我在后面催得很急，它们也只好抱头鼠窜、不顾一切地往前冲。其结果往往很悲惨，它们被剪成结结巴巴的几段，像剥了皮的青蛙，颤动乱跳。那时，说话成了我空前的灾难。每当我张着嘴巴眼珠子乱翻红脸涨颈的时候，祖父便要猛地一拍桌子，桌上的茶壶之类便要整齐地一跳。

祖父说，结结结结个屁。

这声断喝不亚于雷鸣。于是我就跟我的说话一样战战兢兢站在那里，等着祖父严厉的目光从我的身体里穿过。

有一段时间，祖父企图对我的口吃强制处理，就像把弯曲的铁丝拉直或把拱起的驼背压平一样。他瞪着我，眼睛在我身上睃上睃下，想看看我究竟是什么地方出了毛病。末了，他盯紧了我的脸下部。一个巴掌刮了过来，我来不及躲避，就结结实实挨上了。祖父看着我脸上的指印和嘴角的血水，很满意。他叫我开口说话。我就说。这时，奇迹发生了，我像一个杂耍艺人，要说的话像一条绸子似的从嘴里源源不断地拉扯出来。那是我肚子里原来就有的吗？我很吃惊。祖父在向我招手。他伸出手来，抚摸我。他的手隐去了秃鹫的面目而张开了温柔的翅膀。我的眼泪流了出来。祖父仍沉浸在喜悦之中。他说，你再说几句给我听听。我张开嘴。但这回，又和从前一样了。于是祖父的手再次扬起。他说孙啊，你的嘴不听话，我想再打你一下，好不好？我的脸痉挛了一下，肌肉鼓起，作好了挨耳光的准备。我真希望这一巴掌能把我的结巴打好。一道阴影在我脸上掠过，我感到一凉，然后一热。祖父说，快，快说。

可是，还没等我说出话来，就有一颗牙齿，从我嘴里跳出来了。

细想起来，我的口吃源于对小云的模仿。至于小云又是模仿了谁我就不得而知了。口吃就是这样一种东西，它可以像虱子一样从他身上忽然跳到你身上去。看着别人红脸涨颈结结巴巴，你觉得他是骑在一头尾巴浇了汽油着了火的水牛上，很好玩。可等你骑上去了，才知道下来是那样的难。口吃就这样以一种苦肉计的形式让我们上当。口吃不是月饼，每个人只能分吃它的几分之一。它是一本连环画，有多少人看，它就变成了多少本。

有一段时间，我热衷于模仿。模仿的好处是，使我们可以把自己喜欢的、远不可及的东西在一定程度上据为己有。我们为此乐此不疲。比如我们捏着鼻子模仿鸡鸣，模仿牛叫。我们一发出牛的哞叫声，牛就抬头望我们一眼。这说明我们的模仿得到了老牛的认可。而小云模仿鸡鸣是从不用捏鼻子的。他用的是肚子。他把肚子一瘪，就发出了某种动物的声音，以至我们怀疑他肚子里是否养着无数动物。这是我佩服他的主要原因。正是这种佩服，使我把他的口吃当成了他发明的玩具，而把它偷偷拿了过来。我不知道，口吃正是通过这种方式生生不息，口口相传。

因为口吃，我的自信心受到了严重损害。我躲在屋子里，不敢出去。因为出去就要说话，说话就会露出马脚。有时候，我愿意自己是哑巴。大人都出工了。屋子里大而空荡。我望着黑魆魆的屋顶，忽然产生了说话的冲动。这时我旁若无人，胆大包天。像是在一个夜晚散场后的戏台上。我曾无数次地设想自己穿上戏袍，站在那里大声地乱唱。风吹袍角是多么优美啊。我不顾一切地，翻来覆去地说着。反正，没有人看到，也没有人听到。我把门关上，又把门打开。我想起了那个此地无银三百两的故事。为什么要关门呢。终于，我嘴里的厮杀开始了。有一些巨大的石块滚了出来，挡住了我的道路。我毫不犹豫地推开了它们。虽然我的姿势很难看。后来，我在一块石头上绊了一跤，结结实实摔在地上。我爬起来，一瘸一拐地往前走。这一天，我作为一个结巴的所有丑陋都暴露无遗。但我不怕。就像什么地方长了一个疮疤，我一定要把那个血痂揭开来。我的嘴巴从未经历过如此惊心动魄的场面。我说的话像敢死队一样往上冲。它们企图从悬崖峭壁攀缘上去。它们搭起了人梯。假如上面滚下一块石头，它们将死伤过半，前功尽弃。所以经常听到"啊"的一声。最凄惨的是只有一两个词攀上绝壁，因为后面的跟不上，它们顿时失去了存在的意义。它们像羽毛一样离开了鸟的翅膀。它们在和石块拼杀，一时间，山崩地裂，血肉横飞。我自己把自己绊得鼻青脸肿，自己和自己同归于尽。

我绝望了，号啕大哭起来。

大概只有哭，是不会结巴的。

我忽然愣住了。为什么哭不会结巴？它那么流畅，像风一样，像河水一样，没有什么能把它阻挡。然而，这又能说明什么呢，难道一个人，可以用哭泣来代替他的说话吗？我很快就把这个想法给否定了。

事情的转机出现在那年秋天，村里来了一班人马表演节目。他们是公社宣传队队员和中学里的学生。他们头戴黄军帽，手提马口灯，脸上搽胭脂，雄赳赳气昂昂地在村里的土台上唱《红灯记》和《智取威虎山》。他们走后很久，村子还沉浸在暖烘烘的戏曲的氛围里。男人们下田，举手投足都像李玉和或杨子荣，把把锄一拄，眼一瞪，浓眉一挑，破衣一甩，唱"临行喝妈一碗酒"或"跨林海，过雪原，气冲霄汉"。女人们下塘塍淘米洗菜时，唱小常宝和李铁梅，"八年前风雪夜大祸从天降"、"我家的表叔数不清"。小孩子则模仿坏蛋王连举，从腰间掏出枪来往自己胳膊上打了一枪，然后扑通往前一倒。不知怎么回事，我眼前老是晃动着李铁梅的影子。我没学王连举，我在家里偷偷地学李铁梅。我不但唱"我家的表叔数不清"，还唱别的。唱着唱着，我就灵机一动：为什么唱歌就可以不结巴呢？

我又试了几次，果真如此。

用哭泣代替说话是不行的，用唱歌，总可以了吧！

于是我开始琢磨唱歌和说话的关系。我发现，唱歌和说话虽然都是顺着同一条声带爬上来的，但它们完全是井水不犯河水。那么有没有一种办法可以把它们联系起来呢，就像把板车从小路上拉到马路上来一样。有一次，我正在唱歌，母亲回来了。她要喝井水。她问我看到瓢了吗？我刚喝过水，便脱口而出：瓢在桌上。母亲惊讶地瞪大了眼睛，说：你再说一遍！我说：瓢、瓢、瓢在桌上。母亲眼睛里的火花又暗了下去。她以为是另一个人。她问：还有谁？但喝了水，抹抹嘴角，她又没继续问。大概她以为是自己听错了吧。

母亲的惊讶却提醒了我。是啊，刚才是谁？是我自己。刚才的我没有结巴。那句话跟在歌词的后面，就像我进县城搭上了便车。我很高兴。我又唱了一句紧接着说一句。瓢在桌上瓢在桌上。真的没有结巴。过了一会，我再说，又结巴。我唱了一句。又不结巴。哈，我终于找到不结巴的办法了！

有一段时间，我成了村里唯一一个与人见了面就唱歌的人。我以唱歌的形式把第一句话说出来。这样，第一句话就被我赋予了华贵的色彩。若嘴巴熄火了，就用唱歌来启动。我感到，我的声带柔软起来，可以像秋千那样荡来荡去。若干年后，我成了第一个从我们村里走出去的歌唱家、演说家、节目主持人。我走上了舞台，走进了电视，走进了北京城。

虫 牙

妻子说苏桥该去看医生。

她说：你的腮帮子都肿两天了，吃多了 SMZ 对身体也不好，容易在肾里形成结石，再说你那是虫牙，吃药治标不治本，多早就劝你找个医生把它拔了，你一直不听。

苏桥摇了摇头说不急，等等再说。

妻子是小学老师，喜欢看些家庭保健之类的书籍，平时苏桥和女儿有个头疼脑热的，妻子都自告奋勇地去买药。唯独牙疼，苏桥是自己买药，并且只买新诺明。这种药是片剂，很大的一片，上面写有"SMZ"三个字母。它跟舌头的摩擦力很大，服药时要些勇气。这种药很便宜。妻子叫他买好一点的药，苏桥说，似乎只有它对他的牙疼有效。

苏桥曾就这个问题请教过学药剂专业的朋友，既然这种药副作用大，为什么还在不断地生产呢？

朋友说，是这样的，有些疾病，如牙疼、扁桃体炎、肠炎什么的，用很先进的抗生素效果还不一定好，SMZ 对人体软组织有相当强的药理渗透作用。

妻子还在唠叨：都等好多年了，拔个牙不是很简单的事么？

苏桥说：干吗要拔，让它留着吧。

苏桥的牙很早就不好了。首先是长得稀，他怀疑他的牙齿都没达到三十二颗的标准。吃东西容易夹牙。其次就是经常闹牙疼。完全没理由的，牙齿就疼了。

那颗所谓的虫牙，里面是否真的有虫子？其实他从来没看见过自己的牙齿里有虫子，但谁都说那是一颗虫牙。

发现母亲的牙齿也不好，是他在发现自己的牙不好之后。因为这一点，他记起了许多小时候的事。那时，经常有走村串户的外乡人，他们自称可以把牙齿里的虫子挑出来。许多牙疼的人跃跃欲试。外乡人叫母亲打来一碗清水，站在门槛上，再叫母亲张开嘴，用一根很长的绣花针在母亲的牙缝里剔着。剔一会儿，就把钢针放在清水里洗洗，说：你看，又一条虫子。大家争先恐后地挤来看，果然看到碗底里有白色的东西在蠕动。外乡人又说：牙虫不能除根，必须每年都要清理。于是母亲每年都要把挑牙虫的外乡人请进家里来。母亲每次在挑出牙虫后，都容光焕发。过了好多年，才听说那些外乡人是骗子，牙齿里根本没有虫。

外乡人不再来了，母亲再牙疼的时候，就含上一口白酒，然后半天不说话。当然，酒不能从根本上解决问题，母亲就跑到邻村的赤脚医生关木通那里，他给她开的药就是 SMZ。这种药很神奇，两片下去，不一会儿，母亲的牙疼就止住了。

因为母亲，苏桥才知道牙疼是可以遗传的。

但他没告诉母亲他也在牙疼。

有一天，当苏桥发现，他与母亲之间竟存在着那样大的隔阂时，不禁吃了一惊。

那是什么样的隔阂啊。母与子。本来，他是系在她脐带上的小小的命。本来，如果有什么击打在他身上，母亲心里也是痛的。母亲是一条大河，而他，永远是她的支流。

他极少跟人谈及母亲。

从小，他就知道，母爱是世界上最伟大的。母亲，是万物之源。然而，当他有一天，发现了母亲的狭隘、愚昧、抱怨、吝啬、自私、不公正、甚至冷酷时，他的心就像被谁拿石头砸了一下，又砸了一下。他目瞪口呆。这是世界上最可怕的放逐。

苏桥很难说清楚，他与母亲之间的隔膜是什么时候开始的。当他慢慢成熟，慢慢觉察到母亲身上那不像母亲的东西时，他很痛苦。这是母亲吗？这怎么是他的母亲呢？

为此，他也做过种种努力。但努力的结果是越来越疏远。

还有一种可能是，他曾伤害或忽略过母亲。他曾在相当长的一段时间里，受了母亲的影响。是不是他用母亲赋予他的东西，反过来针对了她，就像一种毒汁，就像大蛇与小蛇，可以互相致命？或许，他的幼稚，他的莽撞，他的淡漠或许无意中伤害了母亲。

但母亲不知道，为了挤出她遗传给他的毒汁，他付出了多大的努力。大概在大学毕业后不久，他开始了对母亲的反叛。那个他以前根本不熟悉的母亲渐渐在他眼前令他惊讶地呈现出来。起初的反叛手忙脚乱，他完全是凭着一股冲动，把自己推向母亲的反面。

他也曾试图去影响母亲。他多次设想过跟父母促膝谈心的场景。在想象中，父母神态安详面容洁净，他们互相被感动。可事实上，每次回家，他刚刚开始的话题总是被母亲尖刻而泼辣地打断，父亲则在一旁火上加油。他无法改变他们。

但，母亲含辛茹苦把孩子拉扯大，难道就是为了让他们发现她的缺点？

这样，做母亲也是很悲哀的了。

有一段时间，他经常跟父母打电话，关心他们的身体，叫母亲少打牌，要父亲按时到医院量血压。虽然这样做心里很别扭。父母对祖父不好，凭什么还让他们享受到他的孝心？他很矛盾。可作为儿子，他是否有审判自己父母的权力？是否该对父母的作为耿耿于怀？他知道母亲是个记恨的人，可如此，他不也成了一个记恨的人了吗？

他很少跟人提起母亲。电视里播放此类内容的节目，他马上关掉或换台。有时候，他明明知道父母希望他这样，他却偏偏那样，哪怕那样要走弯路要让自己吃苦。他不怕吃苦。他在吃这样的苦的时候，尝到了某种类似于报复的快感。他通过报复自己来报复父母。他希望自己成为母亲口腔里的那颗虫牙，过不了多久就会溃疡发炎隐隐作痛。

苏桥和母亲又有两个月没通电话了。他的牙疼一直没好。SMZ 不能长时间服用。其间他只叫妻子给他们寄了一次钱。钱是寄到父亲的单位上。现在是冬天，他想，从邮局里刚取出来的钱一定是冰冷冰冷的。他喜欢这种冰冷的感觉。

说起来父亲也是很可怜的。他似乎一辈子都在求人，求人解决工作，求人给女儿解决商品粮户口，求人帮他顺利办理退休手续，求人多给一点退休工资，求人让他返聘。他连村里的小队长都不敢得罪。现在，母亲迷上了打麻将，父亲连个说话的人都没有。他买菜，捅蜂窝煤炉，倒马桶，捡玻璃瓶。当年的军人本色荡然无存，唯有衣领依然扣得那么工整，总是扣至脖子，并抱怨现在的衣服没有风扣。

祖父是个很专制的人。对此，苏桥也是有体会的。祖父的固执常常使少年苏桥泪光闪闪。他在学校读书时最担心的就是家里吵架，为此他常走五六里夜路偷偷潜回村子，躲在屋后听动静。每到农忙，家里总吵得不可开交，祖父要这样，父母要那样。每次吵架，都以祖父摔坏东西或母亲饮泣而告终。母亲的胸中积聚了太多的怨恨。当衰老在祖父身上降临，她就要复仇了。

可是父母没意识到，他们在反抗祖父的同时，自己也早已成了祖父的一部分。他们的专制、粗暴和琐碎，跟祖父相比有过之而无不及。

苏桥其实很想跟父母打电话。他也知道父母很想他给他们打电话。可是他硬起心肠来没打。他没意识到，他在惩罚父母的同时，也在惩罚他自己。他不肯告诉母亲他也犯牙疼。有一次母亲问他牙好不好，他说很好。他想母亲如果知道他牙齿像她，一定会暗暗高兴的。他偏偏不让她高兴。一次，母亲望着他说，他说话的声气和走路的样子很像父亲，他听后，故意换个姿势走路。他把自己藏了起来。他强迫自己不像他们。一次，因事早起，他闻到了口里的一股馊味。这使他想起小时候，经常鸡叫头遍被母亲叫起床，跟母亲走十多里路到县城里去卖豆芽。他不能帮母亲挑担，只能给母亲做个伴。到了城里，母亲的衣衫早已湿透。由于起得太早，他口里有一股馊味。后来他一起早就闻到口里有馊味，一闻到馊味就会想起跟母亲卖豆芽的经历。有一次，卖豆芽的钱被扒手偷去了，母亲竟当街大哭起来。母亲坐在地上，身上手上全是灰尘，泪水糊了一脸。他被深深地震撼了，没想到在他眼中高大完美的母亲被人欺负时竟是这么可怜。这时他觉得大街上每一个人都可能是扒手，他眼睛里射出了愤怒的火焰。

他尽力不去想母亲，可是牙疼每每让他想起母亲。他不知不觉开始了喝酒。等他意识到母亲也是这样来止痛时，他已经迷上酒了。他是母亲的虫牙，母亲也是他的虫牙。然而在抵抗父母的过程中，他却发现自己越来越像父母。

他想，难道有一种遗传方式是通过排斥和反抗来实现的吗？

他打了个冷战。没有什么比这更让他心痛如锥。他几乎是在一种十分气恼的情况下拿起了话筒。他忽然记起，他曾查过字典，上面说，虫牙是龋齿的俗称。龋齿，则是"病，由于口腔不清洁，食物残渣在牙缝中发酵，产生酸类，破坏牙齿的釉质，形成空洞，有牙疼、齿龈肿胀等症状"。

妻子还在劝他去拔牙，他说，不拔，永远也不拔。

他知道，像母亲一样，牙疼对他的全盘进攻，迟早会到来。

他在等着这一天的到来。

巨　鲸

自从被医生宣布为心脏病以来，葛三秋先生的创作速度明显放慢了。

他是个作家。还在很早的时候，他就经常被文学作品里主人公的悲惨命运感动得泪水涟涟。他是个敏感的人。或许正是因为这个原因，他后来也成了作家。他至今还记得自己情不自禁地写下第一篇作品时那种既满足又惆怅的心情。后来他甚至把这当作他衡定一篇作品写得好不好的标准，也就是说，只有给他带来了上面那种情绪的作品，他才有把握肯定那可能是一篇较好的作品。在他的创作日臻成熟的时候，他常常一边写作一边流泪。一篇作品，连作者自己都不能感动，还怎么指望它去感动别人呢？前些年，有人提倡零度写作，强调作家的客观和冷静，可零度也是温度，不等于没有温度，它不过是作者故意把自己的感情深藏起来，取得一种欲抑先扬、欲擒故纵的艺术效果。就像一件铁器，看起来冷冰冰的，其实却是经过了淬火一样。没经过淬火的铁器不是铁器，不过是一堆散乱的铁原子而已。有时候，葛三秋在他的作品里也是不动声色的，而他的泪水，却止不住成片地掉在眼镜镜片上。从某种角度上说，一篇作品的艺术魅力的大小，总是和它的感人程度成正比的。

可是现在，医生却对他说：你的心脏已经很脆弱了，不能承受任何哪怕是稍微强烈一点的振动，也就是说，你一定要控制自己的情绪，不然，很可能引发心肌梗塞。可他是一个作家，并且是一个优秀的、为心灵写作的作家。他天天与心灵和情感打交道，怎么能做到不激动呢？那不等于限制了他写作的权力？而不写作，他不就是行尸走肉么？

不行，他一定要想办法。他要安慰他的心脏，做他的心脏的思想工作。他们应该彼此心平气和地谈一谈。他说：喂，伙计，怎么回事吗？你才为我工作了多少年啊，就想打退堂鼓了？你看看托尔斯泰的心脏，为他工作了那么多年，还一点问题也没有嘛，据说托翁死的时候，它还没有一点点衰老的迹象。一个作家，没有心脏还叫什么作家？那不就跟唱流行歌曲的差不多？与其这样，我还不如死掉的好，要知道，我一死，你也活不成了！心脏说：难道我就不想好好为你工作么？每次你激动或痛苦得流泪的时候，我不否认，即使当时我紧紧地收缩着身子，可过后，那种欣喜和愉悦也是无以言表的，我敢肯定，这世界上的其他许多心脏都没有我幸运，能体验到这一点。但你经历了那么多的坎坷，要叫我不受到一点点损害是不可能的，而且心脏的损害不比其他，是时间可以治愈平复的，它像一道伤疤永远刻在那里。后来你也没有注意保养，你不但没像许多人那样回避它，掩盖它，反而继续不断地刺激它，致使伤口越来越大，终于到了现在这样不可收拾的地步。这怪谁呢？你难道没想到，我一停止跳动，哪怕再优秀的作家，也只能和这个世界拜拜？他说：你能不能想点办法？心脏说：没有别的办法可想，只有听医生的，这是唯一的、也是最后的办法了。

　　而葛三秋，一向是不把医生的话当回事的。比如他爱喝酒，有一次他牙痛得厉害，医生叮嘱他不要喝酒，他不听，还是喝酒，反而把牙痛治好了。还有一次，他咳嗽，吃了许多药也不见效，他一气之下，猛灌了一斤白酒，结果就不咳嗽了。医生就好像一种强权，总是在想办法让你听他的，把你纳入他的控制系统，而不让你有独立思考的能力和考虑怎么培养你的抵抗力。医生的药方只有一种，而每个人的身体状况是千差万别的。

　　也许，只有让他的心脏更加激烈地跳动，才会让它得到康复，就像对于某种痛苦，只有把它细致而深刻地描绘出来才能得到解脱和完全超越它一样。于是在短期的犹豫和缓慢创作之后，他又重新投入了工作。他更加大胆、无所顾忌了。如果他不能全心创作，那他不等于是废物一个么，他现在完全是在向死而生废物利用。这可是本小利大的好买卖啊。不是有很多人嫉妒他的激情和才华么，那好，让他们继续嫉妒吧！不是有很多人忌讳他么，那好，让他们继续忌讳吧！他就是要让他的心脏成为悬挂在天地间的大钟，他不但不会把心跳掩盖起来，反而要让它的搏动传达至许多人的耳鼓。胸闷和心绞痛成了他心脏的呼和吸，它们隐藏在他心脏里一紧一缩，仿佛没有了它们，他的心脏反而会停止跳动一样。每当这时，他就赶紧含上一粒药片。当嘴边的皱纹由僵硬变得柔软，他微笑起来。他想，不就是如此么，也没什么可怕的嘛，他完全可以对付得了它。他对心脏说，我说老兄啊，你失算了。心脏咚咚撞了几下他的胸膛，说，那就看谁笑到最后吧。他说，你别威胁我，有一个作家说过，人可以战死但不能被打败。的确，如今他觉得自己就像那个与鲸鱼在海上周旋的老人，他也在与自己的心脏在胸膛里周旋。这种处境甚至比老人与海的关系更加危险。因为他要战胜的是自己体内的巨鲸。

是啊，心脏就是他体内的巨鲸，他已经感到越来越难控制它了。他坐在鲸鱼的背上，而他又不会游泳，只能完全任由鲸鱼载着他沉浮。他有时被高高抛起，有时又被带入水底狠狠呛了几口水。药物对它已经没有什么明显的作用。或者说，已经不是他给它喂药，而是它经常从水里昂起头，朝天空喷着油井似的气体，把他手里的药片抢夺了过去，成把成把地往下吞。大概它觉得这种药片很好吃，有一股凉丝丝的味儿。它终于对它们产生了依赖。这时他已写到一部作品的关键处，正在他努力抑制自己的情感写下去的时候，巨鲸又开始了激烈地反叛。他一时找不到药，或者说，他手头的那点药根本不够用。他紧抱着它，鲸鱼高高跃起朝天空喷了一口气，然后载着他迅疾沉入水底。

马奈的约会

　　对于即将到来的约会，马奈已作好了充分的准备。比如在哪里接人，在哪家小饭馆吃饭，饭后的活动怎么安排，他都考虑得一清二楚。又比如穿什么衣服，打什么领带，皮鞋要不要擦得很亮，穿什么样的袜子才能和皮鞋相得益彰，他也设计得分毫不差。他是个严谨的人，但他希望找一个不怎么严谨、有点儿出格、有点儿反叛意味的女性做妻子。为此他在生活里茕茕孑立了许多年。她们要么恪守传统要么顺应潮流，使得他的青春成了一纸空文。

　　他和王芳是经人介绍认识的。都是大龄青年了，目的明确，用不着怎么忸怩。介绍人有两个，一男一女。他们是怎么把他和她扯在一起的，他不太清楚。说不定是他们调情调出来的。他和她的第一次见面，说不定是他们某一次调情的副产品。走进介绍人何昭君的家，他就比较明显地感觉到了这一点。他和她不过是他们的道具呢。这有些意思。他朝她望了一眼。这一眼还没有什么感觉。要是那么容易有感觉也就不会是大龄青年了。大龄青年感觉来得慢，感觉点（类似于物理上的沸点）也比较高。在他第一眼看来，王芳是个找不出优点也找不出缺点的大龄姑娘。她的脸盘和身材都再正常不过。皮肤很白，胸部也有高度（但愿与海绵无关），紧身牛仔裤把臀部裹得紧紧的，还有些上翘。但等等这些，仍使他的目光找不到向上向下向前的力量。介绍人何昭君热情地捧出苹果，王芳拿起茶几上的水果刀，一招一式地削起来。苹果慢慢地脱下了衣服。正是这时，马奈忽然眼睛一亮。这个王芳，用的居然是左手！左手削苹果的王芳有一种不羁的反动的美！这一下，他感觉王芳全活了。立体的王芳让他心跳加速。她也似乎感觉到了他勃起的近乎无耻的目光，不好意思地朝他笑了笑。

他在洪都路口接到了她。然后在一家"君再来"的小饭馆吃饭。他喜欢看她用左手吃饭的样子。他开了一瓶可乐给她，开了两瓶啤酒给自己。麦芽是个好东西啊，它让生活翻出了浪花。他频频举杯，显然还不知道此举将给他带来恶果。他打算饭后带她到江边小坐，那里有干净的石凳和宽阔的凉风。离他的住处不远。如果进展顺利，他要吻她，甚至把她带到他的住处去。为此，他早已漱净了口。为了不使食物过多地染指他的牙齿和口腔，他吃得很少。要保持一个清洁的接触。一盒避孕套放在他的枕头下面。他还记得买它时脸上堵着的那一坨酡红。

现在，他们坐在江边上。沿江的白色栏杆支撑着身上鼓满了爱情的人们。不要去增加栏杆的负担吧，他们把身体的所有重量都交给了栏杆，这是很危险的。马奈想。作为一个恋爱者，应该和周围的事物搞好关系。他和王芳在微微温热的石凳上坐下来。他握着她的手。对岸的灯火倒映在河水里，更显出了夜空的深邃。风在微微地发着酵，夜色像王芳的手一样洁净柔软。王芳的手逃了一下，又飞了回来。现在，他懒得去分辨王芳用的究竟是左手还是右手。在他看来，王芳已浑身都是左手了。

正是在这时，他感觉到体内的水分出了问题。其中的一部分因得不到重用，一气之下就走开了，来到下端的某个部位。那里有一个水库。马奈挪了挪身子，两脚往里并了并。他想安抚安抚它们。别急，别搅和。如此美好的事情，让你们的丑恶嘴脸一搅和，我就成了跳梁小丑了。他什么都考虑到了，怎么就没考虑到这件事呢？真是没有经验，他还傻乎乎地喝了那么多啤酒。要知道，他的尿，可还是童子尿啊。虽然它圣洁无比，但此刻，它显然来的不是时候和地方。并脚的动作增加了水库的高度，它暂时安静了下来。

她已进入了状态。她语声温柔，像个陷阱。她的眼睛微眯着。星光是如此灿烂，她的唇齿发出银光。她已经接受了他的求爱。她那大龄的胸脯有些起伏。她从来没有这样激动过。她叹息了一声。她的幸福感在空气中滑行，掠过她的指尖。她开始掐他的手。她清凉的指尖在他的肌肤上留下了灼热的、深深的印痕。仿佛她要把她的幸福种在他的皮肤里，让它像月牙儿一样慢慢生长。她轻轻咬他的耳垂。她的牙齿慢慢地用力。马奈的耳垂就这样被推到了爱情的最前线。

他的身体晃动了一下。他的水库开始剧烈地摇晃。他忙端正了身子。知道汛情已经到了十分严重的地步。有如三十年未遇的洪灾。超过了历史纪录。他记起读小学的时候。他一向胆小。不敢讲。也不敢举手。而把举手和撒尿联系起来，更会使他无地自容。那节课太长。好几次，他都感到时间已经停滞不动了。他想万一值日老师的手表坏了怎么办？这节课不就要无休止地上下去了吗？果真，时间已经死在老师的手表上了。他说，表，表。他想以此提醒老师注意。但老师根本没听到，或者老师明明已经听到了，但偏偏装作没听到。他是个十分负责的老师。十分负责的老师都疯狂地热爱拖堂。老师的嘴巴在动，可他听不到他的声音。他的眼睛和耳朵里只有水。它们热情奔放，横冲直撞。他小小的身体在打着哆嗦。一个。又一个。哆嗦使得他的身体慢慢缩紧。终于有什么喷涌而出了。正是冬天。教室里腾起一团烟雾，它直窜空中。真是一道奇观啊。他从那白色的烟雾里捡回一条小命。他喘了口气，傻傻地瞪着眼睛。舒服极了。教室里静悄悄的。从那时起，他就怕上课、开会等长时间的集体性行动。怕去长途汽车站。可今天，他为了保持一个清洁的口腔，为了爱情，喝了不少酒。现在，酒开始疯狂地报复他了。上游的水还在源源不断。水流越来越湍急了。白色的浪花飞到了檐顶。他得想个办法。假如她突然昏厥三分钟，那事情就好办了。他可以很从容地把事情解决。不留下一点尾巴。可是她毫无昏厥的迹象。他的眼睛从她的右肩上溜出去，注视着路灯下的景象，希望找到一个可以暂时离开她的理由，比如说去为她买点饮料果脯什么的。但是没有流动小贩。小商店又离得太远，远得和爱情无关。理由始终没有出现。她的手放在他的肩上。她变得放荡起来，猛吸着他。他一动不动。像一具木偶。仿佛不小心一碰，他就会砰的一声倒下。他感觉她的嘴唇木木的。一点味道都没有。他的舌头也越来越笨拙了，不能满足她的需要。她的吻在他的体内奔跑。

他双腿越夹越紧。一种似曾相识的颤抖沿着脚跟上爬。紧接着肌肉也颤抖起来。

她觉察出了什么，睁开眼，望着他。

他十分慌乱。你不舒服吗？她问他。他的脸在发烧。昏头昏脑，像得了热病。他很伤心。假如这时，他说出他的生理需要，那会很可笑的。它会阻挡住另一种生理需要。由于莫名其妙的原因，他在两者之间只能选择其中的一种。挺住啊，他对自己说，坚持，再坚持。你怎么啦？看上去怎么有些心不在焉？她以一个大龄青年特有的敏感发出了疑问，并迅速地冷却下来。她的爱情骤然停止了流动，身体像空空的自来水管。完了，一切都完了。任何解释只会使事情越来越复杂，越来越说不清楚。机会一个个失去，事情越来越糟了。假如是别人，假如她没用左手削苹果，也许他就不会顾忌了。他会大大方方地对她说：对不起，我去方便一下。难道恋爱就不允许排泄么？可她是王芳，是一个让他动了心的女人。他一下子绝望了。他想破罐子破摔。但就在他破罐子破摔的途中，他忽然急中生智。他慷慨激昂地说：是啊，我是心不在焉，可你知道我为什么心不在焉吗，因为我爱你，我想请你到我的房间里去，我们都已经不小了，没必要做缥缈的浪漫状了，走吧，别浪费时间了，到我的房间里去吧！

一时间她愣在那里。但她很快地低下头去，满面娇羞，似乎要任他摆布。

走过一片建筑工地时，她说：我要方便一下。说着她就像一段月光，从他的手里脱了出去，一转身跑到了阴影里。

他也迫不及待地对着墙角，拉开了闸门。

等他们在他房里，把准备好的东西都已用上，他想，说不定，正是那伟大的小便，促进了他们爱情的进程。

珍　藏

省社科院文学研究所的研究员戴晓慧，多年来一直珍藏着一样东西。那东西不一定是古董但收藏起来绝对比古董更麻烦。她把它小心地藏在自己的体内，东躲西闪着，紧紧抱住自己的身体，从中学到大学，从大学到研究生，从研究生到研究员，经历了重重险阻，直到遇上师范大学的教师于无声。

戴晓慧收到第一封情书，是在读初二的时候。作为三好学生的戴晓慧，她毫不犹像地把它交给了班主任。

高中三年，她收到的男生的纸条越来越多。她对他们视而不见。她微微仰着头，从他们面前昂然走过。因此她被称为"冷血动物"或"冰雪美人"。

她压抑的情感，在大二的时候完全像火山那样爆发了出来。那是本系的一个男孩。叫霍兴东。高高的个子，天然卷曲的头发，下巴向前延伸，有些像普希金。而且，他也写诗，是学校春光文学社的成员。

事情来得很突然。那天晚上，他们像往常一样在湖边公园里约会。月光透过树梢洒了进来，像薄薄的衣衫。他突然把她摁倒在地上。他动手扯她的衣服。她问你干什么，霍兴东不说话。他的手像蟒蛇似的已经窜到了她的腰上。她害怕起来说你是谁？你是霍兴东吗？你怎么不说话？你为什么要扯我的衣服？霍兴东说了一句粗话。她想他怎么能这么没有礼貌地侵犯她的身体呢？他到底是爱她还是爱她的身体？假如是爱她的身体那也完全可以爱上别的身体，身体和身体是没有区别的，就好像这块糖和那块糖没有区别一样。如果他当时碰上的是别人，那他现在想扯开的是别人的衣服。这种想象让她感到恶心。既然如此，她就不能让他扯开她的衣服。她像蚌壳一样紧紧地把自己抱住，使他对她毫无办法。有几次，他甚至想用更卑鄙的手段，她只好也用上了指尖和寒光闪闪的牙齿。他滚鞍落马，捂着脸像不认识她似的，瞪眼望着她。

接下来的几次约会，主要内容都是围绕着身体和衣服进行的。一方想让对方的身体和衣服脱离，一方则极力反对这种脱离。每次争执，他们都归结为一个问题：你爱不爱我？一个说：如果你爱我，你就应该把一切都给我。一个说：如果你真的爱我，你就不应该只在乎那件事。他们在书上、报纸杂志上、生活中多方寻找答案，但没有确定的答案，有的倾向这边，有的倾向那边。随着争辩次数的增加，他们的态度越来越激烈。最后他们终于找到了一个明确而统一的答案，那就是：你不爱我！

既然明确了这一点，他们几乎同时想到的是，分手。

大学时光很快就过去了。她在书本里找到了更大的乐趣。为了就业，抑或其他，她又继续考试，读了研究生。其间，上衣扣子被扯掉几颗，裤子几次险些被脱掉。最具危险性的是裙子。她想，如果一个女人想勾引男人，最好是穿裙子去和他约会。所以她从不穿裙子去和异性约会。她穿牛仔裤，腰间还扎了货真价实的牛皮带。她使得几个师兄弟简直恨透了牛仔裤和牛皮带。

渐渐地，她成了一个不合时宜的人。分到社科院当研究员后，很快又有了新的社交。现在的社交圈子以大学教师、报社编辑和记者为主。每当她们炫耀自己在私生活上的收获（明确说来就是性生活），她无话可说。回顾自己这么多年来在男女事情上的经历，她觉得自己真是过五关斩六将了，好像是抱着什么稀世的宝贝穿越枪林弹雨。她既是一张白纸，又曾坚决地拒绝过许多诱惑。不觉间她的眼神和手势里有了一丝苍凉。

要说明的是，她不肯跟男人轻易上床，不是为了别人而是为了她自己。她喜欢自己是处女的这种感觉。就好像股票，她不去买它，也就不在乎它是升值还是贬值了。

对她来说，最危险的诱惑不是来自异性，而是来自于她所从事的工作的内部。作为研究文学的人，她不得不经常亲临阅读现场，披坚执锐地去解读一些段落和句子。这是一件尴尬的事情。作家们的想象力在她的身体上引起了不安，经常风乍起吹皱一池春水或一石激起千重浪。他们不直接描写一些事物，而运用修辞充分地调动你的感觉器官，使你也卷进他们的想象中去。他们的笔真的有一种魔力。她想她是否该找一个作家做她的丈夫？

这样的机会很快就来了。师范大学的教师于无声就是一个作家。他们是在一次聚会上认识的，彼此有好感。两人互换了名片，然后按图索骥地，按照上面的电话号码拨过去。这里有一个细节有必要一提：他拿起话筒来拨了两次，占线；她也拿起话筒来拨了两次，也是占线。原因是，他们都在同一时间给对方拨电话。幸亏有一方放下话筒，略微等了一下，对方的电话才有机会打进来。如果他们发现对方的电话老是占线，不知道他们是否还有耐心继续拨下去。

于无声个子较高，秃顶，今年三十五岁，为了事业，一直把婚姻耽误了。至于谈没谈恋爱，谈过几次恋爱，这是个弱智的问题，戴晓慧不会去问他。似乎她答应和他交往乃至谈论感情更多的是出于理论上的需要。于无声知识丰富，说话风趣，很对她的胃口。两人的物质条件也相当。有几次，他们都谈到了职称和工资级别的问题。在这方面他们也有许多共同语言。当他们意识到电话费渐渐远高于车费的时候，他们开始了约会。他们的约会也是很有规律的，每星期五晚上六点，他在师大门口等她，然后到一家兼营西式餐点的咖啡厅吃东西喝茶。她提议 AA 制，他似乎想说服她但没有说服，也就不再坚持。他们的交谈是愉快的，过后还有一些回味无穷的感觉。她清楚地看到他是在如何自然而巧妙地缩短他们的距离。他把他的包和她的放在一起。说话时，喜欢定定地看着她的眼睛，激动起来就情不自禁握住她的手。她发现他越来越喜欢激动，所以也就越来越频繁地握她的手。他的呼吸有些急促。

月亮升上来的时候，他们觉得很美，便开始接吻。当然是他主动。她没有拒绝。既然是谈恋爱，就要有一点谈恋爱的样子。如今她在这方面把握得比较好，和他接吻时没有引起身体其他方面的反应。就像写论文必须要用的论据。她知道用了这些论据说服力就比较强，论点也就站得住脚。果然不出所料，他的手渐渐钻到了她的衣服里面，熟练地解开了她文胸上的扣子。她也没有挣扎。她觉得她应该享受这一点。因为她已经打定主意，如果可能，她会嫁给他的，这个写浪漫小说的现实主义作家。他会让日子过得稳妥而不失趣味。但是他的手继续下移，想突破更重要的防线。她毫不犹豫地站了起来。

她对他轻轻地说，回去吧。

这一声轻轻的安抚很重要，没有使于无声的热情彻底熄灭，还保留了一点火种，它在过了一段时间之后，又会重新变得很旺。当然她会再浇冷水。也多亏了于无声的耐心。他毕竟不同于那些乳臭未干的毛头小子，懂得不能意气用事，只是他不明白戴晓慧为什么还这么保守，他跟她什么都可以谈，哪怕是性，但就是不能付诸行动。不然，她就会像一只受惊的鸟那样拍拍翅膀飞走了。是有什么隐情吗？或者她在这方面经历坎坷，受过伤害？是不是她很在乎他，担心他发现她不是处女？咳，他一点也不在乎这个。都什么年代了，还指望找个处女做老婆？真的，那真的不重要。他对她之所以有耐心，是因为他觉得她适合做他老婆。学识，职称，姿色，风情，她样样不缺，这样的女人错过了可惜。她说，她不能和他随便做那件事，一定要等到他们结婚的时候。

结婚？那还不简单吗？他马上着手办理，并很快拿到了结婚证。

他说：现在看你往哪儿跑！

她说：我不跑。

他终于做了他想做的事。时已隆冬。事后，他看到了她身下的那团嫣红，凝重的颜色和季节有些不协调。他看了她一眼。但他还是重新俯下身来，轻轻吻了她。好像一个大人面对犯了错误的孩子。

后来有一次，他还是忍不住说了。他说：你何必做那种手术呢？花了很多钱吧？其实不管怎样，我都是爱你的。

 # 阅读者

他上了车。

人不多。他找到了一个靠窗的位置。一般来说，他喜欢靠后一些。车身震动得厉害。书上的句子也好像被震出了缺口。有一次，他上车后，见已经没有座位了，正有些懊恼，忽然有个年轻人站起来给他让座，他一愣。

他恍若记起多年前父亲带他坐公交。售票员生硬地把他拉到车门前比划了一下，说，该买全票了。父亲惊喜地瞪大了眼睛，说，真的？太好了！

他从包里摸出一本书来。他的手有些颤抖。每逢这时，他都没来由的有些激动。好像快要走进一片森林。一本好书是一片森林。可现在，他的手上布满了老年斑。它们像岁月的蛀虫。原来，它们早就藏在他的华年里，现在一个个都爬了出来，有一种打了翻身大胜仗的欢欣鼓舞。森林依然郁郁葱葱，他这个伐木工人却老了。他常常站在书柜前，抚摸着一排排书脊，深深地呼吸着，就像年轻时抚摸着那些结实的树干。

其实，他每天坐这公交，就为了在上面读书。终于可以不用上班了。他毫不留恋地走出了那栋矗立在城中心的二十六层大楼。现在，他可以天天坐在家里看书了。想怎么看就怎么看。然而，他坐在那里怎么也静不下心来。在安静的环境里，他反而烦躁不安起来。家里人担心他患上了退休综合征之类的毛病，劝他跟以前的同事打打电话，他拒绝了。他知道问题不在那里。第二天，他像往常一样，带上公交卡，背着包，出了门。家里人也没管他。他有些像梦游。到了公交上，他立即清醒了。

他拿出书，立刻找到了感觉，一口气读了下去。看来，人对什么都会产生依赖。哪怕是你曾十分反感和感到压抑的东西。

他没想到，公交，倒成了他阅读时必不可少的一个参与者。就像他在学校读书时，老喜欢在课桌上弄一个洞出来（偶尔也有现成的），把他想看的闲书，放在洞下面偷偷翻阅。这给他带来了叛逆的快感。

按道理，在学校正是读书的时候。可他不得不像许多人一样把大量的时间花在他不喜欢的书上。要考试，要升学，要拿毕业证。到了大学里更是如此。还有这样那样的活动或运动。还有青春期的躁动不安。还有惰性，散漫，不专心。后来，毕业了，工作了，结婚了。有一段时间，书成了家庭生活的最大敌人。买书动摇着家庭薄弱的经济基础，而把它们到底放在哪里成了双方一直争论不休的一个问题。有时候，书就成了双方争执的牺牲品。他的一些书上，至今还留有当时的痕迹。那些伤口，看上去像某种决裂。不过后来又被胶水黏合了。平庸的家庭生活还在继续。

在办公室虽然从来没有什么大不了的事情，但那里从来就不是读书的地方。顶多看看报纸，翻翻系统简报或流行杂志。串门。聊天。电话。以及完成那些总结，报表，还有各种各样的考核，考试（有时候，只有统一的答案和一张填涂卡，看不到试题）。他越来越喜欢在会场或喧闹的教室（经常有上级主管部门组织的打着漂亮幌子其实是以赚钱为目的的培训）、行进的车厢里看书。他甚至敢坐在醒目的位置（他很瞧不起那些一开会便不由自主地往后缩的人，很快就会被主持者像驱赶牲畜一样：往前坐，往前坐），打开随身携带的书，旁若无人地翻读起来。他发现，自己在逆境中读书的效率特别高。

一天天，不知不觉，忽然，就不用上班了。坐公交有人让座了。

他的这一生，真的是混掉了。被一点点浑然不觉地消磨掉了。挥霍掉了。他的一生，就像一个哑矿，开采了一辈子，掘到底，却发现什么也没有。

他打开了书。

有一段时间，他的眼睛出现了问题。颈椎好像也不太好。不用说，都是看书引起的。连小学生都知道，不要在阳光下看书，不要在行走的车厢里看书，不要躺着看书。眼睛，不就是几十年的使用期么？迟早会有白内障或视网膜脱落之类的麻烦事找上门来。难道它们能用一百年两百年？有人说，失明的人更像一个先知。因此，如果一个人没有见识，眼睛再好也没有用，那还不如做一个瞎子。他用点眼药水之类对付了一下。看来他的眼睛很识趣，意识到自己并不能做先知，此后竟非常习惯在车上看书。有几次，他忘了带上书，几十分钟的路程便变得漫长而难熬起来。他无聊地看到一个人的头发分了叉，又看到一个人的裤子上沾了某种可疑的液体。真是怪事，随着年龄的增大，他的眼睛越来越好用了。简直成了精。

书本能让他知道这座城市的真相。他的一个朋友曾给一位历史名人写过传记，历史名人曾在性命攸关的时刻被一个人骗过，传记作者通过细心地查找，竟然发现那个骗子曾经就在自己单位上待过很久，算起来还是同事。还有一次，他从网上得知，一个曾经用残忍的手段肢解了一位著名女艺术家的军代表，在一段非人的历史时期结束后从部队转业来到了这座城市，做了一个单位的领导，坐小车住洋房。而且，那花园小区离他单位——那栋二十六层大楼不远。

他惊讶不已。

那时他还在上班。他曾经找到网上的那个地址。他打量着从那花园里进出的居民，很是疑惑。每个人似乎都在颔首微笑。谁是那个军代表呢？他看到对方时会怎么样呢？难道会打他一巴掌（那太轻飘了）或抱着对方从楼道上滚下来跟他同归于尽？

谁都会说，那是历史的错误，历史的责任。

可历史在谁手里？

此后，他有意买了一些关于这座城市本身的书来读。由此他知道了许多以前不知道的事情。比如，一个农民出身的省长曾拒绝了一个大厂的落脚，说那么多人，一年要吃掉我多少粮食啊。几位政府官员正在商量给一位不服管教的女青年定刑，时间已过十二点，大家肚子里没油水，早已饿了，一位官员不耐烦地挥挥手，说，杀了吧。

现在，他正读到：

她被押上了囚车。她骨瘦如柴，身体已极度虚弱。在走向囚车时，她听到身后响起了嘲讽的笑声。她爬了上去，忽然一条黑布从后面蒙住了她的眼睛。一路上，都有人追着看热闹。然而，在翻过一个山坡后，囚车忽然偏离了原来的方向，钻进了树林。在那里，她被狠狠扎了一针。一个碗状的东西切进她的胸口。她的心脏被取走了。不远处，早有一辆车在那里等着。然后火速开往机场。几个小时后，她的心脏被送到了另一个省城的高干医院。几天后，报纸上登出了'我省第一例换心手术取得圆满成功'的新闻。而在这个郊区省城监狱附近，她的已经没有了心脏的尸体被拉出来，扔在泥水里，被象征性地开了几枪。围观的人不明就里。他们津津有味地品头论足……那个剜取她心脏的人，现在也该退休了，而且肯定早已成了一名德高望重的专家。但如果她泉下还有记忆的话，也只记得他眉间有一颗很大的肉痣。因为他一直戴着口罩。

他张皇四顾，忽然发现，公交正走在那辆囚车昔日走过的路线上。随着城市的不断发展与扩张，昔日的郊区早已成了城市无数商业中心的一个，说不定，他住的商业小区，就是当初枪毙人的刑场。望着车内的乘客，他想，这些人里面，或许就有当时的看客。真可怕！甚至每个人都可能是凶手。这时，他转过头来，看到旁边刚刚坐下来的一个人似曾相识。那人也戴着口罩，眉间有一颗醒目的大红痣！

原来你在这里！说着，他站起来，忍着胸口的剧痛，用尽平生力气，紧紧卡住对方的脖子。

司机刹车。110。120。然而两个人都已经死去。

谁也不知道，他为什么要掐死那个人。最后，警察和医生把它归结为老年痴呆症。

把煤气打开

　　不知从什么时候起，他开始担心厨房里的煤气没有关上。因为是管道煤气。假如是气罐，或许会好些，自己还可以控制。而管道煤气他怎么控制得了？当初，他还为它而高兴，认为是很大进步，不用隔两个月就要找人扛煤气罐下楼上楼。事情的危险性他是后来才猛然发觉的。那个晚上，他就没再睡好觉。他租住在四楼。现在看来，他的下面是一片深渊。他像是躺在一个巨大的炸药包上面，危险无处不在。那封闭的四通八达的钢管，是最迅捷的导火索，谁也不能把它拦腰砍断。只要一个地方出了问题，管道所达之处都是一片火海。爆炸声会让一切重新来过。不是说一个外国小岛，因管道气爆炸而几乎把小岛毁了大半吗？高度的联网或连锁将让人无处可逃，无一幸免。他知道，作为人类中的一员，他迟早要面临这样的命运。他之所以没有当机立断重觅住处是因为他的惰性和侥幸心理。他不愿意再搬家了。随着他在这个城市里淹留的时间越久，他的肉身也越来越沉重了。床，桌椅，被褥，电视，电脑，和越来越多的书。再说，只要还在这座城市里，他又能搬到哪里去呢？房东凶三恶四，小偷出没，噪音，小饭馆辛辣的油烟，大功率音箱的义务播送。为了逃避，他已经搬过不少次家了。拉板车的民工，都快要认出他来了。有一家房东，是个五十多岁的女人，总在他傍晚抹澡的时候来敲门。她问他，你收我的裤衩了吗？那粗腰宽裆、差不多罩齐膝盖的花布裤衩！不但"裤"，而且还"衩"！他恶心得要吐。第二天，他就白扔了半个多月的房租，皇皇搬了出来。郊区倒是有干净一些的房子出租，但是太远（虽然这里以前也是郊区）。他不想把时间浪费在自行车的两只轮子上。下了班，他尽快地从单位上退回到自己的生活中来。他夹着牛皮信封从大街上匆匆走过，像一只鼹鼠。他不开灯，蜷缩在椅子上，要好久好久才恢复元气。接着，他就开始了紧张的工作。他的思维像一匹马，矫健地在键盘上跳跃。他一般要工作到十二点半，才洗脸抹澡。然后看看书，再睡觉。正是这个时候，那个折磨人的问题又冒了出来：煤气呢？煤气关上了吗？像是已经关上了，又像是没有，他越想越没有把握。为了保险起见，他下了床，趿着拖鞋，开亮灯，到厨房里重新看过。为了让自己确信煤气的阀门已经关上，他要凑上前去，仔细地察看，或者用力嗅一嗅。阀门和煤气管道成 90 度是关，平行是开。他想不错，这就是了。才回到床上，他的心又提了起来：阀门，和煤气管真的是 90 度吗？为此，他又要想出种种办法说服自己。他安慰着自己，是真的，你刚刚不是检查过了吗？屋里又没有别的人。可是，他又凭什么相信自己呢？难道自己不会欺骗自己吗？从实景到印象要经过眼睛的如实汇报和各路神经的聚焦，再由大脑反射，谁能保证某一个环节不玩忽职守或徇私舞弊呢？那个关阀门的动作虽然依稀在目，但谁也不能肯定它是今天而不是昨天或前天的。可恨人脑不是电脑，不然，他只要按"是"或"确定"就行，从来不用担心它不执行或忘了执行命令。

——阀门真的已经关上了吗？

他后悔自己离开了那个诗意地栖居着的江边小镇。他其实不适应所谓的城市生活。虽然他也知道，从理论上来说，城市生活并没什么不好。他不是民粹主义者，或者像某些人那样，矫情地怀念农业文明。他只是不适应。他不反对别人适应。一个人，不管住在哪里，都没什么本质区别，关键是，他必须时刻生活在自己的内心里。每天，他孤独地走在大街上，走在人群里。他对他们是多么的陌生啊。他想和他们交流，可他一开口，他们卖东西给他价钱就要贵一些。他对他们喊，你好，可他们怀疑他是疯子。瞧，那个人，疯疯癫癫的，神经可能不正常。他们用方言说道。他们以为他听不懂。如果说，他对他们唯一还熟悉的地方，那就是，他熟悉他们的冷漠。很久以来，他一直是一个孤独的人。在那个江边小镇亦是如此。他的孤独与地理无关。

他开始爱惜自己的生命。当然，这爱惜并不是苟且偷生。一个人，如果真的想坚持到底，是应该爱惜自己的生命的。虽然有一位孤独的老人曾把自己比作一块臭肉，因为他讨厌苍蝇，所以也希望自己这块臭肉尽早消失，免得大快了苍蝇之心，但那明显是愤激之词。最好的办法是让自己具备某种毒素，这样，苍蝇便会一个个倒地而亡。事实证明，苍蝇并不因肉的消失而消失。所以，爱惜自己吧，把苍蝇气死。这其实不是一件容易的事，他必须和自己的懒惰还有其他的陋习作斗争。他每天早晨起来，喝一杯白开水，跑步半个小时。就在阳台上，原地踏步似的跑。他要过朴素、清新、向上的生活。吃饭是个问题。他讨厌快餐店里的油腻。有一段时间，他天天在外面吃快餐。但后来，他一闻到快餐的味道就恶心得要吐。他怀疑自己的肝脏出了问题。并且这一怀疑，他觉得肝脏果真隐隐作痛起来。他慌了。后来到医院验了血，还好，一切正常。他注射了疫苗。可是，现在外面各种病毒层出不穷，又岂是疫苗能隔断得了的？医学每前进一步，病菌病毒便也进化一步。所以有时候他想，医学的发展史其实也就是病菌病毒的进化史。如果有时间，他会为病菌病毒的进化写一本生动有趣的书。另外，他有严重的神经衰弱，经常头痛、失眠、怀疑、健忘。它们是隐藏在他大脑里的叛徒、内奸、杀手。他恨它们。它们总是和优秀的大脑作对。但他会想出办法战胜它们的。虽然他老是担心煤气没有关上，不要紧的，他备有一把老虎钳。每天晚上，他会站在凳子上用老虎钳将煤气表前的总闸拧死。如果仍不放心，他可以把所有的开关打开。

——他不禁茅塞顿开，是啊，说不定只有把它们完全打开，他才不用老是担心它们关没关上。

现在，他准备作案了

现在，他准备作案了。

他感到自己太不幸了，他必须去作案。因此他心中有一种悲壮的意味。许久以来，这个念头一直在折磨着他，让他不得安宁。现在，他要把它杀死。他长时间地沉湎在与自己的斗争中。他脸色苍白，魂不守舍。大家问他是不是身体欠佳，他摇了摇头。这摇头的结果是他年终被评为了先进。因为他经常带病上班。他捧着奖状，感到了命运对他的嘲笑和某种逻辑的荒谬。为什么会这样？那就是，他的工作和他所在的系统本身就是荒谬的。他们如此坚定地认为他是在带病上班，可怎么从来就没有人想到，一个经常生病的人是不是适合干这份工作呢？

因此当那张值班安排表发下来时，他感到救命稻草向他漂来了。他快要得到解脱了。他再也不能错过了！

工具他也早已准备好了。比如他分四次取得了保险柜的钥匙的胶印。它们真是横看成岭侧成峰啊。他小心翼翼把那些峰和岭重新组合了起来，像是画一幅画。

通过仔细地推算，他发现了安排表上的漏洞。

最后一个便是监视器的问题了。它们共有四个，分别监视着银行里不同的部位。他把它们的监视范围作了细致的考察，认为对付它们并不难。说到底，它们还不是听人摆布？

他还清楚地记得第一次到银行来上班时的情景。虽然他早已知道，他将来是可以到银行来上班的，但他还是有些紧张。父亲是银行的职员，父亲的父亲也是。他们一家几代人，吃的都是这碗饭。只不过父亲的父亲还在银行里当了个小小的干部，到他父亲头上，只是一个普通的营业员，而他连普通的营业员都不是，已经沦落为一个四肢发达头脑简单的保安。如果有人想抢劫银行，首先要解决的就是他们保安。

在他很小的时候，父亲就对他说，与许多人相比，他们家还是有优越感的。难道还有比银行更好的单位么？有一段时间，粮食部门不错，副食品单位也不错，但它们都没银行好得那么长久。如果连银行里的人都穷得叮当响，那社会还有什么希望？所以电影电视剧里，凡是银行里的日子不好过的社会，都是旧社会，都是快要垮台的社会，在新社会里，银行里的日子不好过是不可能的。父亲说。于是在许多人的未来还没有丝毫眉目的时候，他的未来已经条理清晰、康庄平坦地摆在那里了。

现在他才明白，他步入的是父亲抑或整个银行系统给他安排的陷阱。连陷进都可以用"安排"，说明那是一个很舒服的陷阱。

父亲没想到，他的好心的安排并没有给他带来幸福。实际上他陷入了更大的混乱中。他想，为什么有的人可以拿银行的钱大把地挥霍，有的人却碰都不能碰呢？为什么银行的库存已经很空虚了，可还能大把大把地发钱？为什么有些人不用还本金只要还利息就可以了而更多的人若这样做只会被起诉和坐牢？为什么有些人可以用贷款来还贷款？难道银行是一只永动机？有一段时间，他对物理特别感兴趣，想发明出一种永动机来。可老师的一声断喝无情地摧毁了他的梦想。老师说，古往今来的无数科学实验证明，永动机永远是某些人的痴心妄想！那么银行这只永动机是利用什么原理使它不停地运转下去呢？

他从到银行上班的第一天起，就想亲手打开金库的门，想看看那里面到底是什么。他想知道自己看守的是不是一个怪物，或者是一个空壳。虽然这个想法很危险。但他对它毫无办法。它已经牢牢吸附在他意识中，要把它揪下来，那比揪下自己的某个器官还难。

再就是，他想看看父亲到底在不在里面。

父亲退休后无所事事。他坐在屋子里，目光炯炯。如果发现纸片样的东西，就赶紧奔过去，把它抓起来放在手指间摩挲着，仔细地听那声音。但马上，又弹跳起来，唯恐避之不及似的，把纸片扔得远远的，好像它是烧着的火。或把它扔在脚下，用力狠踩着。父亲不能原谅自己在他工作的最后阶段，接二连三地被假币蒙骗。但他又固执地拒绝使用验钞机。他不相信机器只相信自己的手感。他想，如果验钞机也是假的呢？谁能保证它不会是假的？公章可以伪造履历表可以伪造年龄也可以伪造，为什么验钞机就不能伪造？他就是要打破验钞机的神话。信贷科的一个科长就不断地到派出所更改他的年龄，结果后来有人惊讶地发现，他在九岁时就已经结婚生子。父亲是在一个下午突然失踪的。母亲说，那天他吃了午饭，说到外面走走，然后再也没有回来。活不见人死不见尸。母亲说：你父亲肯定是变成什么钻进银行的金库里去了。他要像一条蠹虫那样保卫它。

他对自己说，非如此不可吗？答案是肯定的。于是他满脸悲戚，好像看到了他的宿命。那个折磨他的念头像毒蘑菇一样，长了又拔拔去了又长。或者说，它像一条蚂蟥，可以不断地一分为二二分为四。他终于明白，念头是不能用那种普通的办法去杀死，而应该用特效的办法，那就是去实现它。只有实现它，它才会很快死掉。这是唯一的办法。

他值班的第三天，在另一个保安再次骑上卫生间里的抽水马桶的时候，他迅疾而准确地处理了有关设施，打开了金库的门。他终于把它打开了。他做了这么多年保安，还是第一次把自己守卫的东西打开。他听到自己喘息如牛，又如释重负。一道强光汹涌地袭击了他的眼睛，他的眼泪流了下来。他大口地呼吸着里面的空气，像刚打开的课本的崭新气息。他抚摸它们，仿佛抚摸着父亲虽死犹生的身体。父亲，他轻声叫道。

然而父亲很是生气。仿佛惊扰了他的好梦。父亲猛一翻身，便铃声大作。

装满了钞票的房子

有人发现，一夜之间我们村口矗起了一座房子。看上去，高大气派，金光闪闪。我们村也有银行了。大家围着神奇的它看。这是一家新银行。现在银行也多，听说市里就以我们的市名命名了一家银行。大家趴在门口，或透过宽大的玻璃往里瞅。不用说，里面的人我们一个都不认识。这种玻璃很奇怪，你离它越近，反而越看不清里面。你会被镶嵌在里面的大眼睛吓住，以为是一头鳄鱼。但仔细一看，原来是自己。接着，大家又在天花板上发现了几只眼睛。鼓鼓的，不是鳄鱼而是大金鱼了。保安笑着说，那是摄像头。大家不禁后退了一步。

起初，大家以为新银行肯定要动员大家往他们那里存钱。想当初，大家的土地补偿款刚分到手里的时候，县里好几家银行还有乡里的信用社都到村里来"动员"。没想到，新银行不但没来动员大家存钱，反而给大家优惠政策到他们那里去贷款。利息很低。如果是特别的用途，比如孩子读书之类，还是无息贷款。有人指出，这肯定是对方的阴谋诡计。因为他们知道我们村的人根本用不着贷款。后来，他教给大家一个将计就计的好办法。于是，大家纷纷涌到新银行去贷款。有人甚至把亲戚朋友也叫来了，好像我们这里有个金矿，大家都可以来挖似的。更多的人，脑子开的窍更大，在新银行贷一笔款，存到另一个银行去，赚那个利息的差价。一时间，村子里欢声笑语。

新银行里的钱，似乎怎么也取不完。好像里面有印钞机，想印多少就印多少。因为按我们村里人这种贷款法，运钞车每天跑两趟都不够。事实上，运钞车到底跑了多少趟，谁也不要知道。大家虽然热衷于和新银行打交道，可也没丧失理智，冒冒失失去靠近运钞车。

这样过了一段时间，新银行的优惠政策果然中止了。不过在村里人的恳切请求下，他们说通过开会研究（看，他们也有官僚作风呢，这说明还是有保障的），决定用另一种方式来弥补，那就是，他们允许村里人把钱存进新银行，给高额利息。当然，新的优惠政策，也只限于我们村，请大家不要像上次那样乱嚷嚷，把亲戚朋友都叫来滥竽充数了。大家一算，划得来。利息比其他银行的确高很多，而且不像高利贷那样冒风险。有人一针见血地指出，其实不管是贷款还是存钱，我们只要赚得到那个利息就行。为了表示感谢，大家还买了一面锦旗送了过去。

接下来这段时间，大家在各家银行里进进出出。九九归一，百川归海，最后一站不用说是新银行。大家把存在其他银行的钱都取了出来，争先恐后地存进新银行，哪怕把定期的变活期，也在所不惜。反正算总账，还是划得来的。不用说，又要排队，又有人插队，也就又有争吵甚至斗殴。大家还是把亲戚朋友叫来了。只要把村里人的身份证借给他们就行。那些亲戚不多的人心理不平衡，跑到银行去告状，银行就取消了几个人的优惠资格。被取消资格的人不服气，也成了告密者，结果，被取消优惠资格的人越来越多。不过事在人为，他们又通过各种办法，重新取得了这种资格。

不久，奇怪的事情出现了。村里有几个人一天到晚嘴里念念有词，像是和尚或尼姑在念经。如果发现有人偷看，他们马上一哆嗦，赶紧抿上嘴唇，然而等你过去，他们的嘴唇又开始一张一翕。

原来，他们念的是各自存在银行里的密码。他们担心不小心把密码弄丢了，那银行里的钱就取不出来了。要知道，我们村里人向来不擅长抽象思维。现在，这几个数字折磨得他们头痛。如果有一个人在前面跑，狗在后面追，或者相反，狗在前面跑，人在后面追，那肯定不是关于肉骨头之类，而是银行密码，因为那个人怀疑狗要抢走或已经抢走了他的密码。密码是多么难记的东西啊，用生日或家里的电话号码，别人都知道。在我们村子里，谁的生日都是透明的。大家为此绞尽脑汁。

村里念念叨叨的人越来越多了。形形色色的纸片成了大家手里的宠儿和座上宾。村里人对纸片有一种病态的敏感。如果在路上发现一个小纸片，一定要捡起来看看。虽然那明显是废纸。这一点，连我们小孩子都一眼就看出来了。可他们仍然不放心。大概他们以为是谁丢掉的存条呢。有一次，他们从电视里看到，有个人在银行里存了一笔钱，结果等他去取的时候，却发现它已经不翼而飞，被银行内部的人取走了，而那个人，早已飞往遥远的澳大利亚了。这件事使大家吓出一身冷汗，他们惊叫着，跑到银行去问，要银行把钱拿出来给大家看看还在不在那里。银行里的人瞪大了眼睛，说：它们早已进入了流通渠道，银行是存款也是贷款的地方，怎么会有那么多现金放在那里睡觉？既然是资金，就要流动起来，不流动，你们哪来的利息？但这样的话无疑不能使大家信服。有人把前门和后门都堵住了，防止银行里的人逃跑。行长被惊动了。他出来问明了情况，笑了，说：大伙放心好了，即使有职员卷款潜逃，本银行也承担全责，只要存条还在你们手里。

这样说来，大家可以睡安稳觉了。虽然其间也有几个无业青年想打新银行的主意，但因为银行防备严，警惕性高，他们也只好悻悻离去了。这是村里几个老年人发现的。他们总是那么古道热肠。这段时间，他们自觉担任了银行的义务守护员。不过他们对这个说法并不领情。他们说：为别人，也是为了自己。他们的高尚品德让村子里一些有私心的人汗颜。不知不觉，他们也加入到义务守护员的队伍里来了。老人们听说现在的小偷很厉害，居然可以打洞通到银行内部，他们便拿起打狗棍，围着银行四处检查，看有没有可疑的漏洞，叮嘱附近的人家，租房子出去一定要小心。他们甚至还趁房客不在家的时候，偷偷进去检查。他们把耳朵贴在地上，听有无可疑的声音。有一次，他们还真的抓到了一个。那个人拿着铁锹。他们把那人送到银行保安面前，虽然后来保安说那个人不过是在搞绿化，不过行长还是亲自出面代表银行对大家的积极性和警惕性作了高度表扬。为了进一步提高村里人的参与意识，行长还许诺过一段时间带大家去新马泰旅游。

新马泰？问话的是个老人。他自然不懂新马泰。

就是新加坡、马来西亚、泰国！也就是说，到外国去旅游！

不过这样的旅游终究还是没有实现。因为第二天，村里人发现新银行到了上午十点多还没有开门。不会是煤气中毒了吧？大家敲门，没反应。用手一推，门却自己开了，大家惊讶地发现，里面什么也没有。保险柜，柜台，保安，摄像头，什么都没有了。有人用力戳了戳那房子，发现一戳一个洞。原来它是纸糊的。

经专家们鉴定，这是一种特殊材料的纸。在一定时间内，它比铁还硬，而一过了这个期限，就比普通的纸还软。有关部门闻讯赶来，正准备调查取证，忽然一阵大雨。等雨停了再走出来，眼前已经什么也没有了。

事情并没有结束。外面的记者闻讯赶来采访。这时村委会和乡里的干部都拦在村口，说根本没这么回事，不信你们看，这是警方的证明：就像空调里往往有军团菌，目前能确定的是，这个村子里的人，精神上出了点问题，患上了军团幻想症。

 # 在暗中

队长寅茂吹响哨子的时候，我正躺在凹椅上。我的两只眼睛又红又肿，见不得光，只好闭着。即使这样，强烈的日光依然会刺穿眼皮，让我无端地热泪盈眶。我讨厌这种感觉。有人说，我的眼睛肯定是看了不该看的东西。奶奶用毛巾把我的眼睛敷了起来。爷爷则扛一把挖锄，在屋子附近东撬西撬，以为我的眼睛被什么压住了。

寅茂喊道，全村男女老少，马上到大队去开会，谁都要去，一个也不能少。寅茂一边喊一边又吹了几声哨子。大概是用了很大力，哨声反而没那么响，听上去有些沙哑。寅茂的哨子用根红布带威风凛凛地挂在胸前。就是睡觉，他也不肯把它解下来。

这时，寅茂吹到了我家廊口。我听屋前的远庆问他：小孩子也要去吗？我家小妹还在发烧呢。小妹是远庆的小女儿，跟我同岁。新学期开始了，我们刚领到了新书。我一遍遍地闻着里面的香味。为了把这股味道保留得长久一些，我要大人用硬纸把它们包起来。这时我爹已经从部队转业，带回了一些画报和电影剧照。于是我的语文书上是杨子荣，算术书上是李铁梅。

我很着急，担心寅茂说小妹可以不去，那我爷爷肯定也不会让我去的。我喜欢开会。喜欢在人缝里穿来插去。每次大队里开会，都像过节一般热闹。有一次，开完会，所有人还要举着板凳排着长队在全大队的十多个小队走一遍，队伍有好几里路长。如果是批斗会，也很有意思，几个人站在台上，脖子上挂着土砖或破鞋，他们中有算命的，打卦的，捉鬼的。遗憾的是，在我们村子里既没有找到地主富农，也没有找到反

动派和特务，这让寅茂在外面开会时觉得脸上无光。

爷爷正在屋后沟里做什么。他是个闲不住的人。听到哨子响，他出来问。我忙说：开会了，小孩子也要去！

爷爷说：又开什么会，一开会就不能做事了。别看爷爷手那么大，可他做起地里的事来却像绣花一样。收工后，他总是最晚回家，路上，看到一根红薯藤要捡起来，看到一块狗屎也要捡起来，如果捡到了牛屎，他的脸便笑得像南瓜。七捡八捡的，回到家来兜里就有一大堆。远庆说：再这么捡下去，你迟早有一天也要被划为地主的。

我怕爷爷又不去开会，便极力怂恿他去。以前，大队里开会，他总是叫我奶奶去。寅茂为此还批评了他。可我爷爷成分那么好，寅茂也没有办法，最多在村里开会时让爷爷站站桌子角。但爷爷一到了夜里就要睡觉。他就是站在那里也照睡不误。

爷爷几乎是一口气把我背到了会场。村子里的人都出来了，寅茂的哨子还在响。声音越来越沙哑，哨子里大概全是口水。到处是脚步声。还有说话声。有的人大约还带了鞋底，边走边拉着麻绳。不用说，那是女人。从村里到大队差不多有两里路。远远地，就听到了高音喇叭。里面放着一种很慢的音乐。好像是黑色柏油，在路上慢慢淌着。有一段时间，村子里架起了很大的铁锅，先是说炼薄荷，后来又说炼柏油。因此地里不种粮食，只种薄荷。但大火一烧，薄荷全跑到天上去了。为了炼柏油，寅茂也想了很多法子。他叫大家把石头扔进火炉，烧了三天三夜，结果还是石头。

现在，我却忽然觉得有黑色的柏油在慢慢流淌。淌得让人想哭。像什么把心脏压着。远庆也来了。有人问小妹怎么啦，他说病了。那个人摸了摸小妹的额角，说：这么烫啊，怎么不叫辛芹医生开点末药喝喝？远庆说，找不到辛芹医生，一大早他就躲起来了。辛芹医生爱听广播，他买了一只收音机，听说有时候偷听敌台，他肯定是听到了什么不好的消息，才躲起来了。可他能躲到哪里去呢？他又不是没躲过，可每次，还不是马上被揪出来了？

广播越来越响了。大人都不说话。我问爷爷，到哪儿了？可我没听到自己的声音，好像它们被什么吃掉了。我又大声问了一遍，还是没听到。

正在这时，广播里有人说话了，要大家低头默哀三分钟。广播里又淌起了柏油。大家站在里面，一眼望不到边。我抬起头，什么也看不见。忽然有一只手在我的头上摁了一下。

喇叭里忽然吼道：熊来喜你干什么？你居然还在笑？来喜是神经病。他会在夏天里穿棉袄冬天里穿拖鞋。他三十多岁了还没有老婆也不会自己做饭洗衣服。如果我们小孩子说给他讨媳妇，他也会乖乖跟我们走。我们让他在地上打滚，他就乖乖地在地上打滚，一边滚一边还念念有词。来喜消息灵通，总是最先知道哪里要开会。不管哪里开会，他都要去。而且还企图抢上台去发言。当然不会让他发言。来喜真是来喜，大人们总是这么说。哪怕他不喜欢你，他也是一脸笑。他天生就是一副笑脸。哪怕他爹把他揍哭了，他也还是在笑。他的脸在笑着喉咙却发出惊天动地的哭声。就好像从猫屁股里生下了一条大狗，让我们惊骇不已。喇叭又叫了一声。人群骚动起来。我听到有人说枪，枪。来喜哭了。但他越哭越像是在笑。喇叭咆哮着。有人踩了我的脚。我站不住了。还好，爷爷从后面抓住了我。广播大声吼道：把熊来喜这样的阶级敌人拎出场外，下面，我们继续默哀。忽然响起了哭声。起先是一个，接着是一团。一大团。一大片。我像呛了水，想张开嘴巴，可我一眨眼，眼睛就针扎似的一阵剧痛。仿佛我的泪水里藏有钢针。它们足以让我失明。

那几天，广播里一直在淌着柏油。为了让村子里悲痛的气氛跟广播里一致，寅茂号召大家痛哭。大声地哭。想怎么哭就怎么哭。他说，他不希望我们队里是死气沉沉的。熊村虽然在大会上出了来喜那件事，让队长根生受了批评，可这几天，他们表现很好，有的人居然可以一直哭到天亮。鉴于我们村里人不善于哭的特点，寅茂要大家经常用辣椒擦擦眼睛。

一天深夜，我忽然发现我的眼睛已经不痛了。我惊喜地叫了起来。我看到了月光。爷爷和奶奶却好像是刚吵过架。爷爷几乎没穿衣服，而奶奶把裤腰抓得紧紧的。见我的眼睛好了，爷爷并没有表现出我想象中的惊喜，只是尴尬地笑了笑，趁我没注意，迅速把短裤穿上。说实话，我知道爷爷要干什么。大人总以为我们小孩子不懂，其实我们什么都懂。这几天，寅茂在这方面抓得很紧，别说人，就是家禽、畜生，也不能做这种事。他号召大家把家里的公鸡和母鸡分开。如果有公狗胆敢在众目睽睽之下爬上母狗的屁股，他一定要吹哨子出动劳力把公狗的后腿打断。他说，打断了它后腿，它就不能像人那样站起来了。

这次，真的不知道辛芹医生躲到哪里去了。那天晚上，小妹又发高烧，眼睛往上翻，手脚抽筋。她娘哭了起来。远庆慌了神，忙打来井水，用毛巾敷在小妹额角上，好不容易才把小妹的高烧退下去。

第二天，寅茂的哨子又响了，要大家到大树脚下开会。我们村里，一般是在村前的大树脚下开会的。树上也有一个喇叭。到了那里，寅茂竟然要大家向大树默哀三分钟。他说：我们村里的人哭得还远远不够，听说其他村子里的人，有的哭哑了嗓子，有的哭瞎了眼睛，还有的人一口气过不去，倒在了地上。这些人都会受到表扬。过几天，又要开大会，我们要抓紧时间哭，到时候不要再给村里丢脸。

正在这时，我看到远庆的小女儿陈小妹走了过来。她眼睛直直的，好像谁也不认识。远庆叫了她一声，她没反应。又叫了她一声，她就朝远庆吐了一口痰，然后咬着手指头吃吃地笑了起来。

捉鬼记

　　兴贵是我们村里自称能捉鬼的人。说实话，鬼，我们是从没见过的，可我们从很小的时候就听说有。我们想了种种办法，比如把鞋底放在头顶，或在树下倒立，等等这些据说很有效的办法，都没能让我们小孩子看到它。兴贵既然说他能看到，那么他跟村子里的其他人肯定有不一样的地方。所以别人下田劳动他可以不去，或者总比别人去得晚。别人上山砍柴他也不去，他反正单身一人，家里常不开伙。一年中的大部分时间，他是白天睡觉，我们在廊口都能听见他打鼾的声音，晚上就出去捉鬼。那时的鬼似乎特别多，不是这个村子里闹吊颈鬼，就是那个村子里闹跳水鬼。当然，由于他能看到鬼，而鬼又是人人害怕的，所以他一直没讨到老婆。听说捉鬼的人，鬼也会反过来捉他，这样，谁还敢把女儿嫁给他呢。别说嫁女儿给他，就是他家的房子，大家也是很少去的。

　　兴贵捉鬼，一般是在别的村子里。他说我们村子里由于有他，鬼是不敢来的。万一来了，那就不得了，是他对付不了的鬼。他的话说得人寒寒的，所以我们希望他捉鬼的本事越来越大，什么鬼都对付得了。他捉鬼，别的不用，只在怀里揣一只钟馗面具，拿一只玻璃瓶。那是一只棕色的玻璃瓶子，我们想看看里面是什么，可怎么也看不清楚，这使我们更觉得他神秘。他的玻璃瓶子一共有大中小三个，他用一根黑线吊在瓶颈上。每天黄昏，他就拎着其中的一只向某村走去。如果是很远的陌生地方，那么还有一个陌生人在前头带路。那个人一边走一边回头，生怕那只瓶子碰到他的腿肚似的，可后来那只瓶子还真的碰到了他的腿，于是他飞也似的奔跑起来。兴贵就在后头喊：等等我，慢一些。

如果是邻近的村子，我们小孩子就会跟去看，大人不让，我们就偷偷去。当然，这是指胆大的，比如我。胆小的，一到晚上，想起大人讲过的鬼故事，就吓得既不敢出门，也不敢提前上床睡觉。但我是既胆大又胆小的。我既跟着兴贵去看过他捉鬼，在家里又不敢提前上床睡觉。

有鬼在屋里的人家，看上去果然阴惨惨的，有一种奇怪的气味，像是药味又像是呕吐物的味道。我不禁反胃起来。即使桌上有好吃的，兴贵也一个劲地往我们兜里塞，可我们根本没有食欲。我们只希望他快点动手捉鬼。

我们看到，那只瓶子一直不离兴贵左右，仿佛那是他的法宝。喝了茶，他站起来，拍了拍手。好像是由于茶水和糕点的滋润，他的脸上泛起了红光。他把钟馗面具取出来，戴在脸上。这时我们就看不到兴贵了，我们看到的是钟馗。他的衣服也仿佛变成里袍袖，里面藏着一股飓风。钟馗的脸上红一道黑一道的，好像在叫又好像在笑。我想不知我们戴上这只面具是否也能看到鬼。说实话，我们几个小孩子，有一次还是忍不住趁兴贵睡着了跑到他家里把它偷了出来。我们使劲地眨眼，或许是由于白天的缘故，我们并没有看到鬼。也许更主要的原因是，兴贵已经说了，由于有他，我们村子里是没有鬼的。我们希望有一天，兴贵也让我们看看鬼是什么样子，那我们就很满足了。这时，我们看到钟馗在朝大门上喷水，这叫请门神，请他们把好大门，不让鬼跑掉。他让人把屋里的煤油灯熄掉点上菜油灯。不然会妨碍他辨别鬼躲藏的方向。然后他把大家赶出去，关上门在屋子里和鬼搏斗。我们听到屋里发出噼噼啪啪的打斗声，还有他嘴里的嘀嘀声，他们一会儿在椅子那儿，一会儿又到了桌子或床那里。嘭，他们撞到了门。有几次，兴贵好像还处在下风，我们不禁为他捏了一把汗，担心他打不赢。这样的情况也是有的，有一回，他把大门打开，疲倦而失望地站在那里，脸上满是硝烟，摊着两手说：鬼跑了，我打不赢他。然后主人家的东西他什么也不要，空着手，很懊丧地回去。我们问鬼跑到哪儿去了，他说：我哪知道啊，如果我知道他跑哪里去了，我还要去抓。他又像安慰自己似的说：还好，我刺伤了他的一只肩膀，现在他正在什么地方痛得嗷嗷叫呢。

外面的人，心都提到了嗓子眼，过了好一会儿，才见兴贵把门打开。他朝门上喷了口米酒，意思是谢门神，请他们回到原位。这时他才取下钟馗面具，晃了晃手里的瓶子，对我们说：捉住了，捉住了，难怪这么恶，是一个无头女鬼。

说实话，回去时，我们就不敢和兴贵同路了。至少也要保持一段距离。他一晃瓶子，我们就撒腿飞跑。要是他不小心鬼从里面跑出来了怎么办？这时他哼着下流小曲，警惕是放得很松的，虽然我们一再紧张地提醒。终于到了林子边，他寻了一棵桃树，把女鬼埋了。他说这样她就不能出来重新害人了。从此我们一看到桃树或桃子，就感觉怪怪的，以为它们是女鬼变成的。

后来来了运动，兴贵被当作牛鬼蛇神拉去游斗，那只钟馗面具也被当作四旧烧掉了。在村里游行没什么，兴贵还袖着两手笑嘻嘻的，但后来他被作为典型拉到县里游斗，吃尽了苦头。听说他老是问人家：你们说我捉鬼是搞封建迷信，不许说鬼，可你们说我是牛鬼蛇神又算怎么一回事呢？牛鬼是不是鬼？蛇神是不是神？

他跟我们说，鬼终于到我们村子里来了。

后来，他不明不白死在牢里。大概，他真的是遇上了很厉害的鬼了。

自杀经过

有一个人，出于某种原因，厌世了。究竟怎样才能不拖泥带水地离开这个他无比热爱的世界呢？为这个问题，他冥思苦想了很久。他用铅笔和小纸片将几种有代表性的自毙方式归类如下：

上吊／投水／服毒／跳楼／电击（自焚）／割腕／卧轨

另外枪支不为常人所拥有，而剖腹也不符合国情，自然不在考虑范围之内。

他躺在床上，设想着种种悲壮的情景，被自己感动得热泪盈眶。但每一种方式的结果都使他不寒而栗，那就是，无论怎样，他都得留一具难看的尸首在别人眼里。他没办法不拖泥带水。

而他，是一个有洁癖的人。他不停地用嘴去吹纸，吹桌子，吹手。哲学家说，因为有洁净，所以有灰尘。但竟由此容忍了灰尘，他不能。哪怕是冬天，他也要洗一个澡。然后是擦地板，抹桌子、椅子、沙发。妻子下班回来，首要一件事是迈着碎步到卫生间察看水表，然后大叫一声：神经病！这时，他就可怜兮兮地抬起头来，望着她，求她不要说下去。不能否认，妻子的话，正击中了他的要害。

他也认为自己是神经病。只是他不愿或不敢承认。

他没什么朋友，同外界也很少往来。他爱他的妻子。还有谁比妻子离他更近？他经常在心里为她朗诵诗歌：

啊，那温存的生命是谁人所赐，即使是缺点也闪耀着天使般的光辉。

　　他爱自己将来的尸体。不能让孩童为之恐怖，让大人为之恶心。为了解决这个问题，他又想了几天几夜。后来的灵感完全来自于一部关于动物的专题片。他听到儿子喊道：狼把那只羊全吃掉啦！

　　于是他茅塞顿开，找到了答案。

　　他想，死毕竟是大事情，应该含蓄地和大家告个别。记得乡下母亲曾经说过，人死时总会留下蛛丝马迹，比如落水的，岸边会有一双鞋子，上吊的，脚下会留有一块砖石。他能留点什么呢？至少，该给他们一点暗示。日后他们会恍然大悟：啊！

　　他忽然说：你们发现没有，二号柜谁动过了？

　　H小姐最先抬起头来。但二号柜在她身后，她便又迅疾回转头去，幸而她有极修长的颈部，转动自如。然后是F女士，Y先生。

　　他有些激动了：你们看，它们至少有五年没人动过吧，可现在，你们看，那些灰尘松动了！

　　大家面面相觑。

　　他急了：你们怎么不信？来，看看看，那上面的新鲜手印，多逼真的手印啊，难道你们都没看见么?!

　　他对他们那茫然而懵懂的样子很是痛心。

　　Y先生说：你是否担心我们中间有人动了那些早已毫无用处的档案呢？

　　他急忙分辨道：不，不是这个意思，我是说，谁的灵魂到办公室里来了，他动了那堆档案。按照我母亲的乡下人的说法，那个人即将死去。

　　H小姐脸色煞白，说：那……会是……谁？

　　Y先生也紧张起来了：难道是我们中间的一个吗？他额角冒汗。Y先生近来身体不好。

　　也许，过几天你们就知道了。

　　他笑了笑。

他的妻子在厨房里做饭，儿子在客厅做作业。刚才他一反常态，说：我不做饭了，从今天起，我不做饭了。

奇怪的是，妻子今天像做了什么错事似的，居然什么也没说就系起了围裙。

他坐在那里，一时十分茫然。他希望妻子喊他去做点什么。

果然，妻子喊了。

他说：酱油放多了。他又说：酱油放多了就把菜本来的味道给遮蔽了，味精一定要最后放，记住了吗？你呀，有时我不在家，你就买方便面充饥，那是不行的。你们女人，总以为抓住了经济大权就抓住了一切……土豆丝吗，一定要先用水漂一漂，不粘锅底，吃起来也清爽。

妻子还是不知道怎么把握才好。

他真想走过去，一把夺过锅铲，把快要烧糊的土豆丝抢救过来。但想了想，还是忍下了。

要猛火，还要不停地翻炒。他隔岸观火地说。

不炒了！妻子把锅铲一扔，气呼呼往外走。

他忽然拦住了她：学，你一定要学！

妻子有些惊讶地望着他，但马上，她骄傲地反扑了：不学就是不学！

他也被自己的举动吓着了。他习惯性地后退着，臀部抵住了坚硬尖锐的什么。他镇静下来，哀伤地望着妻子。

妻子撂开他的手，走了出去。

他只好去把烧糊的菜盛起来。本来，他是一个美食家，看到烧糊的菜就好像面对糟糕的人生。妻子的发气使他的心肠发软。这正是妻子对他信任和依赖的表现啊。他努力做出和平常不同的举止来，一方面是暗示，另一方面也是有意让妻子意识到他今天的特别。他希望听到妻子说一句：哎，你今天怎么回事？那么，他也许会顺势把他的苦闷和绝望告诉她。说不定，她还可以把他从悬崖上拉回来。他其实是个软弱的人。无论开始怎样大的口气，多么强的决心，可到关键时刻，一个轻微的细节也会使他改变初衷。有一次，他下决心不理单位上的一位领导，因为他从心底里瞧不起那位领导。他蔑视他。他完全有资格蔑视他。人格高于一切，他坚决得很。但在上班时，他忽然和那位领导狭路相逢，就在他刚打算昂头而过的时候，对方却笑眯眯地主动跟他打招呼了。他知道那笑容是虚假的，伪善的，但是，他却剥不开面子。他的决心一下子坍塌。他陷入了恶性循环。他开始憎恨自己了。一天天地希望，又一天天地懊丧。最后懊丧要把他完全吞没。

饭后，他给儿子洗澡。洗着洗着眼泪就流了下来。他想若干年前父亲大概也这样给他洗过澡吧。父亲死于精神分裂症。是因为有人给了父亲一顶帽子他承受不住精神才分裂的，还是他们家本来就有着精神分裂的遗传因子？他是父亲的幼子，那年才五岁。他不知道父亲仰躺在那里一动不动就是死了。他说：你起来啊，起来我们捉迷藏。

现在，儿子和妻子坐在被窝里看电视。他去洗澡。他把所有的灯都开亮，把水龙头拧得最响。

奇怪，妻子也没有阻止他。

他湿淋淋地站在那里。不过他担心弄湿了被子，还是把身上的水仔细地擦干了。他对她说：昨晚，我做了个梦，梦见自己死了，剩你一人在这世上飘零着，我在另一个世界里看着你奔波受苦。说来奇怪，我和你就好像隔着一层玻璃。我想到你一块儿去，可怎么也找不到门。我大声喊你你听不见。我砸那玻璃，那玻璃比铁还硬。你仿佛看了我一眼，又低头做自己的事。你以为是风在动。于是我只有像一条狗一样走回我的世界。我一边走一边哭泣。我想我们就这样永远分开了。我抱着两肩，在一个劲地发抖。我想着我们的热恋，想着我们的第一个夜晚，想着怎样做了父亲……你还记得吗？

儿子已经睡了。妻子还在看电视。那里似乎挺引人入胜。妻子不耐烦地挥挥手，说：别吵，别吵。

他便很有耐性地等在那里。

他一会儿看看电视，一会儿看看妻子。

他觉得妻子生活得很幸福。

这很好。

电视上终于道出了晚安。

他又把那个梦叙述了一遍。

但妻子又找到了一个频道。

神经病。她说。

……后来，妻子发出了鼾声。不可想象一个苗条的女人怎么会发出如此粗重的鼾声。但人是无法听到自己的鼾声的，所以这怎么能怪妻子呢？他再次原谅了她。这不也表明她睡得很踏实么？他心情愉快，甚至想唱一首歌了。如果不是怕吵醒了妻子和儿子的话，他是一定会唱出来的。

他用脚找到了他的鞋，下了床……

私人和公家找了他好几天，还是什么也没发现。

于是他就彻底干净地消失了。

走过岗亭

他决定这么干了。

他已经观察了很久，每天上午十点以后到十一点半之前，这条路是行人最少的。而这时他恰恰从这里经过。可以说是天赐良机。他越来越感觉到这件事对他的强烈吸引。

不久前，他接替了一个同事的工作，隔不了几天，就要到大院里的一个机构去盖章。那个同事跑了十多年，退休了。他算了一下，他大概要跑二十多年才能退休。

第一次去大院，他在门外徘徊了好久。他沿着院墙走了很长一段。他担心自己走错门，便用力记他该走的那扇大门的特征和附近的建筑物。刚开始记得很清楚，可转了个身，他又糊涂了。每扇大门边都有个戴红袖的老头。他们对有的人视而不见，对有的人却跳起来去查问。一辆的士被拦住了。一个骑自行车的挨了训。他忘了问那个已经退休的同事，不知道进去是否要什么证件，等被老头发现再叫住或被赶走就难为情了。他记起小时候，父亲带他到附近的一家大单位办事，也看见了戴红袖章的门卫。父亲讨好地跟门卫说着什么，却被轰了出来。从此，父亲那不可一世的形象开始坍塌。

他试探着向院门走去。为了引起或不引起老头的注意，他故意把夹在腋下的文件袋拿在手里。果然，老头没盘问他。他一阵暗喜。原来，事情竟这么简单。时间还早，他不急着办事。他要重温胜利的喜悦。他故意从院门那里出来进去了好几回，似乎在向对方挑衅。老头看了看他，并没对他怎么样。大概是他手里的文件袋起了作用吧。没想到，一个文件袋有这么大的作用。

进去了才知道，里面有很多单位。除了那些厅、局、处，还有宾馆，酒店，家属楼，居委会，邮局，商店，幼儿园，银行，以及自行车修理铺，小吃店，特产店，最多的是名烟名酒店，有十几家。

那天，从盖章的地方出来他就迷了路。院子实在太大了，他简直分不清这条路和那条路的区别。甚至那些银行和超市看上去也那么相似。他刚在一个地方碰到一个因中风坐在轮椅里被人推着的老干部，不久又在另一个地方碰到了一个跟刚才几乎一模一样的老同志。好几次，他甚至走进了不知是不是同一条死胡同。

正是在那次迷路中，他发现大院里还有一个用高高的铁栅栏围起来的地方。里面是漂亮的房子和高大的树木。树木密密匝匝的，像士兵一样。他沿着栅栏往前走，看到了一条似曾相识的路，再往前走，发现栅栏边有一个岗亭，有一个警卫在那里站岗。警卫笔直地站在那里，目不斜视，腰间挂着一把枪。他还从未这么近地靠近一个警卫，靠近一把枪。他有些紧张，赶紧跑到马路对面去。让他奇怪的是，跟做梦一样，他越想快点离开，脚步越迈不动。

后来才发现，他刚才去盖章走了弯路。这个岗亭就在最短的一条必经之路上。

从此，他就跟它较上了劲。

这天，他早早从办公室溜了出来。他拿了一摞材料，装作要去盖章的样子。

他躲在树后面。大院里的树很大一棵。他能看到那个警卫，可警卫不一定能看到他。他瞪大眼睛，想等警卫眨眼。他在心里数数，一，二，三……数了好几百下，居然也没看到警卫眨眼。他骇然了，几乎想冲上去推推警卫，提醒他一定要常眨眼，那样对眼睛有好处。可警卫的脸像石膏一样，没有一点笑容。他从树后面走出来，走到路对面。他还故意蹲了蹲身子，想引起警卫的注意。奇怪，警卫对他还是瞧也不瞧。他又大起胆子吹了声口哨。他在警卫的眼皮底下来回走着，故意显得形迹可疑。他希望警卫忽然冲出来，一把抓住他，在他怀里一掏……哈哈，大概警卫以为会掏出一只炸药包来。那时，他就会得意地笑起来。

他对自己说，没那么简单，别看警卫不动声色，可说不定那人早已把他的所作所为悄悄记录或拍摄了下来。他抬头一看，见岗亭上方果真有一个探头样的东西，红光一闪一闪。他下意识地把手从口袋里抽出来，对着探头摊开，意思是说他手里什么也没有。其实他每次经过这里时，都要把手从裤袋里拿出来，以显示它们的清白无辜。他一向认为自己是个清白的人。每次去超市买东西之前，都要在家里把口袋里的东西掏干净。即使这样，在经过电子检测仪时，他还是不免紧张。他想，假如那个仪器坏了呢？假如超市想陷害他故意把什么塞进他口袋里呢？为此，在出超市的时候他又要把衣服检查一遍。果然，超市的保安在怀疑地盯着他看。他脸红了。保安走了过来，说麻烦你到我们办公室来一趟。他不肯，就来了好几个保安。他们从背后扭住他，他说：放开，我自己会走。保安的手很粗很硬，把他硌痛了。保安当然不会松手，只会抓得更紧，仿佛一松手，他就会像土行孙似的从地下跑掉了。他不禁在心里嘲笑起他们来。为了表示他的蔑视，他尽力挣脱他们，说：如果你们不信，我脱给你们看。趁他们还没反应过来，他已当着许多人的面，把自己脱了个精光。他想好了，以后谁怀疑他，他就脱衣服。

直到有一天，他忽然明白，他所表现的清白里面，隐藏的其实是害怕。就像他每次经过运钞车时，都不自觉地把手从口袋里掏出来，让它们机械地贴着裤缝。

有时候，他讨厌自己。讨厌自己委琐的样子。

他想了很多法子，还是没能引起警卫的注意。他不禁感到了悲哀。或许，是他这个人太无足轻重了吧。就像那次老婆跟他吵架，老婆说，你从楼上跳下去吧。他说，跳就跳。可真的要跳时，他又害怕了。老婆更得意了，后来一吵架就叫他跳楼。好像他是一个勇敢的跳水运动员。有一次他可怜兮兮地对她说，此后你别叫我跳楼好不好，叫我干点别的，免得女儿说我说话不算数。

一条狗跟在他后面。他的手无意中往后一拨拉，碰到了湿漉漉的狗嘴。他和狗同时吓了一跳。他和它对峙了片刻，又朝前走。他回头看看，见狗也跟过来了。他停住，晃拳头。狗不以为意地看了看别处，又转过狗头，盯着他，像是在跟他叫板。他走，它也走。他过马路，它也过马路。后来他忽然想出一个办法，他后退，这一下，狗被难住了。他转身就跑。

正在他暗自高兴终于甩掉了那条狗的时候，它却在他前面出现了。

他一时有些迷惑，不知道狗到底是什么身份。它是在跟踪他，还是在跟他同病相怜？

电线杆上又有谁贴了小字报。他停下来看，那条狗也停了下来，仿佛认识字似的昂着尖脑袋。它已经跟了他好几天了，就像他已经在院子里徘徊了好几天一样。他和它像约好了似的总是同时出现。一个人骑着自行车，嘴里一直在唠唠叨叨的。还有一个脑瘫患者，每次看到他，都伸出手来向他要烟抽。他说：我昨天给你了，对方就很失望地转过身找别的人要去了。没想到，这么容易就把对方骗过去了，他高兴得跳了起来。他以为对方是很难缠的。现在看着狗，他忽然灵机一动，心想他何不将计就计，来考验一下它？

他和狗同时出现在岗亭门口时，他朝狗使了个眼色，意思是叫它扑上去把警卫咬住。等狗和警卫纠缠在一起，他就趁机冲进那个用铁栅栏围起来的院子里去。这一招真灵，狗终于露出了马脚，它迟疑地望着他，在装傻。果然是来跟踪或监视他的。他愤怒了，一脚踢在狗肚子上，然后冲进岗亭，一把抱住那个警卫。他豁出去了。他知道，枪声即将响起。可他不再害怕了。他要和他的害怕同归于尽。

奇怪的是对方没有开枪。他很气愤，质问道：你为什么不开枪？他听到脚步像潮水一般涌来。不管他们是来增援还是来看热闹，他都不怕。他把对方死死抱住。他说你开枪啊，你开枪啊。见对方仍不开枪，他松开手，后退两步，然后尽力朝对方撞去。

他听人说，倒下了，倒下了。接着他听到一声巨响。

丈夫和儿子是小偷

　　她对自己说：你这一辈子，一点人样子都没有。你没有白吃，没有白喝，不偷，不抢，但你，还是一点做人的样子也没有。你不是你。你是一个贼的婆娘和另一个贼的娘。你安分守己，战战兢兢，但那些鸟粪一样的白色斑点总是落在你身上，开始你还想洗，但后来你根本洗不了。它们被太阳晒干，发出了难闻的气味。它们顽固地把你包裹住，你摆脱不了。它们像胶一样，像窒息一样。有一段时间，你想结束这种生活。你偷偷跟踪丈夫和儿子，再把他们偷来的东西偷偷送回去。或者，把丈夫和儿子的行径四处告诉人。但人们依然没有谅解你。他们说：这不是明摆着的么，还用得着你说？你这不是得了便宜又卖乖么？他们不信任你。他们怎么会信任你呢？为了前一件事，你要遭到丈夫和儿子的踢打。丈夫用荆条把你的衣服抽破，把你的老皮抽破。它们像一层油垢似的痂在你身上。你丈夫把你的皮肉撕开，露出里面乌不溜秋的骨头。

　　奇怪，你一点也不觉得痛。你的筋都麻木了。你身上的血液像冬天的河水一样，又冷又浅。它们不肯流动。不肯把痛传递到你的感觉里来。它们是紫色的，死了。荆条一下下抽向你的时候，你居然不知道躲避。

　　是的，你本来是有机会离开这个鬼地方的。那些年，一个外乡的货郎经常来村子里。没有人知道，他是冲着你来的。他在那边兄弟众多，还没有娶亲。他知道了你后，顿生了同情和怜悯之心。他接近你。他不嫌你老（你已经二十五岁了），也不嫌你丑（你有什么好看的呢）。他抓住了你的手，说这么好的手你用得不是地方，这么好的手你把它浪费了。他要你跟他走。他说如果你舍不得儿子，他愿意把你的儿子放在货郎担里挑着。他说他的货郎担一头重一头轻，正要个平衡。他说他是骆驼变的，担子越重他挑得越有劲。他说他又得媳妇又得儿子，双喜临门。

但是，你还是没有走。不是舍不得这个家。也不是舍不得这个丈夫。你就是有点笨。连娘家的人都说你笨。

你还记得，当你第一次发现儿子偷了你瓦罐里的钱，村里的孩子告诉你儿子偷了他的铅笔的时候，你有如五雷轰顶手脚冰凉的情形。从那时起，你就隐约看到了你的命。你用瘦竹棍狠狠地抽着儿子。你像一头发疯的母狮，咆哮着，想把你的命唬住，好让它调转方向。血道道在儿子小小的身体上应声而起，像一条条血蚕在扭曲翻滚，有的还滚到了地上。真可谓痛在儿的身疼在娘的心。竹棍抽断了，你抱住被骇吓得哭不出声来的儿子放声大哭。你拿拳头打自己的头。你狠狠地咬自己。你的脸上都是泪痕和灰，你几乎是跪在地上哀求儿子，求他不要做贼，不要学他爹。你说儿子不管要什么，你哪怕是卖血，也要给他买来。但儿子总是好了伤疤忘了痛。你再拿细竹棍抽他，他从你手下一滑，跑出了老远。儿子虎头虎脑，跑起来像一阵风。你赶不上他。你只有等到晚上，他睡着了，才拿细竹棍抽他。你抽得他嗷嗷直叫，像一头挨宰的畜生。要真是畜生就好了。要真是畜生你就可以把他宰了。在密集的抽打里，他抱头答应了你的所有哀求。你照例有一个睡不着的夜晚。照例要把自己折磨得和儿子一样痛。儿子第二天早上起来，厌憎地看了你一眼，头也不回地走了。你看着他的背影心里七上八下，又惶恐又胆怯。再后来，你惊讶地发现儿子的眉目间也有了他爹的那种又无赖又狡猾的东西。你打他，他就站在那里，一动不动，等着你打，等你打够了，他就把鞭子横夺过去，折断，扬长而去。于是你只有气得嗦嗦发抖的份。再后来，他长得比你还高，你的鞭子根本抽不上去。你得站在凳子上抽。你的手刚一扬，又彻底地垂下来了。

你对儿子失望了。对自己也失望了。

你讨厌儿子。也讨厌自己。

你讨厌活着。

但你还活着。

丈夫和儿子在商量怎么去偷人家的猪。这是他们刚刚冒出的一个新奇而大胆的想法。他们说，我们去偷一只猪卖卖吧。他们还从未偷过这么大的活物，不免感到兴奋。偷鸡摸狗的事他们已经嫌不过瘾。村子里的鸡和狗，见了他们都慌忙地逃开。他们的身上有一种奇怪的气味，鸡和狗都害怕。半夜里，他们潜进人家的猪圈，不知用了什么法子，哄得人家的猪不作声。他们一前一后地赶着猪，像散步一样，把它卖给了屠户王老五。

他们卖了猪，分了钱就去赌博。还是巴交、掂毛、七瓜、二绿那么几个人。起初，丈夫和儿子打合子，也曾赢过几回。但他们很快就被拆开了，规定他们父子俩不能同时上场。他们嘿嘿笑着，也只好接受。没有了帮衬，他们很快又输了。这一天，他们输光了口袋里的钱，肚子瘪瘪地垂头丧气地回家。

她像一只破布袋似的在门边喘气。她的心，又开始绞痛了。心一痛，她就要像条狗那样张开嘴巴喘气。她面前摆了一把剪子，一只钉锤，一把割鞋底的条刀。她用灰冷的眼睛冷冷地盯着它们。或者，把它们的位置换来换去。她有些蔑视那只钉锤。因为它过于轻小，像小孩子的玩具。她吃力地，把剪子和条刀磨了又磨。磨得在暗处也能看到。她还记得看刀口的锋利，只要拿头发丝在上面一吹就行。但她现在没有拔和吹的力气了。还不到五十岁，但已经比七十岁的人还老了。以前，她用剪子铰鞋样，用条刀割布片衲的鞋底，用钉锤把橛头打进鞋里去。她剪的鞋样线条流畅，她衲的鞋底宽厚结实，她楦好的布鞋肥瘦合脚。

丈夫踢了踢破布袋，说：今天真倒霉，卖了一头猪，连口肉汤都没喝上。

儿子也踢了踢破布袋，说：还不是怪你，叫你别贪大牌你偏要贪。

丈夫说：你放屁，倒教训起老子来了。

儿子说：老子就比我大了？

啪。做老子的一掌甩在儿子脸上。儿子摸着火辣辣的脸，很快反应过来。一反应过来他就要以牙还牙。但做老子的早有准备，头一偏，儿子的掌扑了空。做老子的得意起来。但没想到，儿子用另一只手给他来了一掌。儿子的两手几乎是完美的合作，像拍打苍蝇一样。做老子的很恼火被儿子当成了苍蝇。两个人便热火朝天地打了起来。

每逢这时，门口的破布袋就剧烈地颤抖起来。它在拳脚交加的光影里手足无措，发出了微弱的声音：别打，别打。或者：打吧，打吧。但是谁也没听到，它就更紧地缩成一团。

以往都是以老子最终狠狠教训了儿子结束。做老子的骂个不休，做儿子的擦着流血的嘴角，夹着尾巴到一边去舔伤口。当然还不忘把门角落里的破布袋再踢上一脚。她是做老子的人的婆娘，他当然要拿她出气。但现在儿子在擦着嘴角的瞬间，忽然瞥见了破布袋脚前的钉锤、剪子和条刀。做儿子的忽然变得聪明和有勇气起来。他操起条刀，一下子插进了他老子的后背。

他怕刀没穿透，还进一步地推了刀把。

破布袋复杂的眼球下，虱子一样渐渐爬上了最后的泪水。仿佛她一直在等着这一天。

丈夫死了。儿子被抓进了班房，再也出不来了。她想了很久，再也想不出继续活下去的理由。她躺在床上，不吃，不喝。也没有人来探望。终于有一天，她死了。

在此之前，她洗了一个澡。她很久没洗澡了。她笨手笨脚地洗着，直到在麻木的身子上擦出了痛。擦出了红晕。真不敢相信，它那么平坦、瘦弱，而且，还那么洁白。像一个十二三岁的女孩，在洗到紧绷在胸前的两只紫黑色乳头时，她满怀羞耻感地、吃吃地笑了……

大街上

　　那是个疯子。是的，并不是所有的人都能成为疯子，那要天分。有些人是注定要成为疯子的，而有些人永远不能。真正的疯子，从外面看上去，和常人没有区别，她的一切，都在内部进行。她紧紧地捂住自己，绝望和恐惧在手上闪烁。她简直不知道怎样藏起她的手。手啊。她已沿着寓城大街游荡多日。她可以没有行李，但不能丢下那只黑色包裹。它将纠缠她一生。现在，她来到了寓城南门新建的贸易市场外面。午后微微倾斜的阳光顽强地射在她的脸上，刺激得她淌出了泪水。最能伤害眼睛的，不是黑暗而可能是光明。她站在发烫的水泥街道上一个椭圆形绿色垃圾箱旁边，拈花微笑，又似乎在想着什么问题。究竟是什么问题使得她不知疲倦，旁若无人？她离那个垃圾箱还不到两米，上面放着她的黑色包裹，包里是她的孩子。是的，她的孩子，不过，已经没有了生命。几天前，她来到了寓城医院。她排了整整一上午队（大家对医生总是寄予着很高的希望），在医院快下班的时候才挂上号。她在二楼一个拥挤的门前找到了妇产科。这里绿树掩映，生意兴隆，金属器械的碰撞、女人的痛苦呻吟和自来水的哗哗声穿梭交织。她一直等到了下午五点，这时她才发现身后空无一人。医生不易觉察地阴冷一笑，示意她走过去。检查？引产？刮胎？医生快速地摆动着手里的圆珠笔，不耐烦地问。我……我……引产……她支支吾吾。医生把笔叭的一放：引产！又是引产！她把头尽量地低下，以求医生能小点声。恐怕没那么简单，先住下再说吧。医生很快地写了张什么，让她到下面交了钱。然后有人把她领上三楼，打开一间房，扔给她一堆发着怪味的被褥之类的。然后又被领到一间嘈杂的病房里，那人指着一张黑乎乎的床对她说，这是你的。她顾不上脏，一屁股坐下，大口地喘着气。这时她才注意到其他人都在看着她。她微微低下头，但不一会她又忽然抬起来。床上的钢丝已断了一些，有锈，仿佛一团团的血迹。她突然捂住了自己的嘴巴。她在走廊里奔跑着，找不到卫生间，只得随地大吐起来。她在医院住了两天。她想早日卸掉身体的重负，重新回到阳光和爱情的世界里去。但医生就是不给她做。她去问，医生不耐烦地说：没家属签字我不能动手，你以为像吐痰那么随随便便么？她气坏了，花十块钱在街上拉了个人来做了家属。医生让她躺下，在她腹部狠狠扎了一针。金属和钙质摩擦的声音十分难听。她想，这一针一定扎在孩子的头上。她忽然意识到，作为一个母亲，应该尽力保护自己的孩子。她忽然苏醒了。她有些愤怒地盯着医生的手（它们白皙纤小，蓝色的血管如海底的水草），骂道：操你娘的王八蛋！你说什么？医生没听懂。她重复了一遍，医生剧烈地颤抖起来，说你冷静点吧，冷静点。她用力一推，医生后退了几步碰着了墙一屁股坐下来。但针头还竖在女人的肚皮上，像逃出圆圈的直径。医生挣扎着，想把它拔出来，可女人迅速地裹紧了自己，逃往门外。

随你跑，看你有多大能耐！医生自语道。但她马上扶着墙站起来——这样很危险，那女人会和她的孩子一起暴死街头的。她立即追了下去。妇产科医生在大街上的匆忙行走，并没有引起人们的不安。很久以来，孕育不过是爱情咀嚼过后的排泄物，而她这个妇产科医生不过是下水道的清洁工。她仔细寻找着，希望发现那个女人。但一连三天都没有结果（可以想象那里积聚了多少等待刮宫引产的女人，院长大人正在大发雷霆）。她想那个女人也许正蜷缩在寓城的某个角落痛苦地呻吟，感染在伤口蠕动，眼里盛满悔恨的泪水。有一次，她下班很晚，在大街上忽然无路可走。她的四面漂浮着幼小的成形或未成形的尸体，他们挡住了她的去路。她高声喊叫直到天亮。这时，早晨的雾散去，她惊讶地发现那个女人——居然还活着！女人坐在一家商店门前的台阶上，怀里多了一只黑色包裹。医生为找到了她终于舒了口气，可这时那女人也转过头来看见并认出了她。她尖叫一声，医生顿时脸色惨白嘴唇哆嗦起来。本来，她想走近她，把手放在她的肩上，叫她注意。可那个女人误解了她。是的，她这一生孽债深重。她的双手血迹斑斑，甚至养不活盆里的花草。她的身体也越来越差了，有时在大街上走着会忽然跪下来。她一跪下来，立时觉得轻松了许多。而那个亟待引产而又幡然悔悟的女人，带着催产针从医院里逃出来，十数个小时后，孩子开始苏醒。孩子就要破土而出，菜油的清香在夜晚的街道流淌，红色的野花盛开。孩子已经复活，她却要死了。她睁开眼，看到了花丛里的孩子。她抱起孩子。孩子快活地眨着眼睛，像布满星星的天空。她乳房胀痛，忽然有了哺乳的欲望。她掏出其中的一只送到孩子嘴边，可里面空空荡荡，什么也没有。她换了一只，还是这样。她急得要哭，狠狠地捶打它们。这时她忽然看见了那个妇产科医生。别过来！她恐惧而绝望地抱紧她的孩子，大声喊叫。她匆忙抱起孩子，沿着大街继续逃走。她很快就迷了路，在同一个地方跑来跑去。她紧抱着她的孩子，两眼闪闪发光。她闻到了来自体内的一股异香。现在，她终于来到了寓城南门的贸易市场。寓城是一座坟墓，她带着她的孩子，急于从里面逃出去，大街在身后呐喊。这是一天中最热的时候，房子里的人们在午睡。零星的树荫像稀薄的什么，毫无羞涩之感……妇产科医生已很久没和男朋友做爱了，肌肤之亲使得她扒住床沿，不住的呕吐。她习惯于把两手放在打来的清水里，独自入睡。但第二天，一切照旧，她又怎能清洗得了呢？同时，她的男友开始四处猎艳，然后，怂恿她们来找她。她觉得躺在她对面的是她自己，于是流下了泪水。她给自己做着手术，机器的轰鸣在伤口里疼痛无比。她对自己充满了诅咒，她说你怎么也落得了这一步呢，对面却骂了起来：你这个虐待狂，想整死我啊。她愣住了。那时，她以为妇产科医生是一门多么高尚的职业啊！她不由得对那些装模作样找上门来的女人充满了厌恶。她们恬不知耻地躺在那儿，叉着两腿，等待着她戴着橡胶手套的手的进入。她看着自己的手，觉得它们是那么陌生，她开始有意无意地藏起她的手——不，甚至不配称作手，只能叫作上肢。她几次请求院长给她换个工作，可院长不肯。院长说你的手艺这么好……一天中最热的时候已经过去，太阳把树的影子渐渐拉长，像一条可以喘喘气了的狗舌头。女人终于又一次走

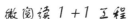

近绿色椭圆形垃圾箱。她一靠近，垃圾箱上便轰的腾起一团蓝色的烟雾，遮住了天空。她仓皇地挥着手，阻止着苍蝇们的再度落下。她一层层解开那只黑色包裹，孩子终于露了出来。女人端着一碗清水，一口口地喂着孩子。她一定为自己没有乳汁而羞愧万分。啊，喔，啊，喔，她想逗孩子说话。她骄傲地想，这是她的孩子，任何人都不能夺去她的孩子。可孩子为什么还哭丧着脸？哦，要是天下场雨就好了，孩子就会舒展一些鲜亮一些了，可这个季节为什么老不下雨呢？没有来自天上的雨，人间万物又拿什么去滋润呢？但孩子刚一睡着，她又立时把他摇醒。她想，孩子在她的手里长时间地睡着，是一件很可怕的事情。她抚摸着孩子的头发，捏他的鼻子。苍蝇铺天盖地卷土重来，她抵挡不住，慌忙把孩子放回包裹，严严实实盖住……

对面的女人终于结束了她冗长的叙述。我朝车外望去，那个抱着死婴的女人正向着车子走来，我看见，对面的女人开始痉挛。她的手纤小白皙，蓝色的血管水草般茂盛。她紧张地盯着那个女人，后退着，从另一个车门下了车。我忽然发现，她手里也紧攥着一只包裹。另一个女人平静地上了车，并在我身旁坐下。我不由自主地把身子往里挪了挪。她接着打开了包裹，立时有人捂住了鼻子。

——是一个漂亮的布娃娃。

玩　笑

几个人是：县财政局副局长郑弋，教育局书记刘铁，县政府办公室主任万春晖。他们在一块喝酒。本来还有一个，叫鹿原。但这天鹿原说有事。问他什么事，他支支吾吾的。几个人便说，好家伙，也别太狠了，先注意一下对方带没带微型摄像机。鹿原在土管局虽是个股级干部，但油水不比他们少。几个人不知不觉就喝多了。跟往常一样，一个签了单，然后就一起找个地方去消遣。唱唱歌按按摩。他们仰在那里，让女孩子服侍着。一个忽然说：我看鹿原今晚不像是见"客户"，说不定他又泡上了哪个女孩子，他这个人喜欢用情，别的事情对我们毫无保留，唯有这方面从不露风。

另一个说：要不，我们来吓他一吓？

怎么吓？

就说我们是检察院的。

一个就借了按摩女的手机拨通了鹿原的号码，捏着鼻子说：喂，是鹿股长吧，我是检察院，白天没打扰你，县纪委已经把你的材料交到了我们手上，明天你找个时间来一下吧。

县检察院的检察长胡风茂第二天上班时，见有个人在门口等他。

胡检察长说：你找谁？对方弯了弯腰，说：胡检察长，我找您。

胡检察长迅疾地在脑子里搜索了一遍，依然不能认出对方。他不知道，对方毕竟是个股级干部。看对方的样子，也不是平头百姓，县里副科级以上的干部有一百七八十个。他唔了一声，说：那就进来吧。

看对方把门轻轻掩上了，胡检察长不禁皱了皱眉。他说：你还是把门打开吧。看对方还在犹豫，他径直过去把门打开了。转过身来，发现那个人站在桌边，手放在胸口，很激动的样子。他示意对方坐下说话。这次，对方倒是很听话，坐下后，望着他，结结巴巴说道：检察长，我……

胡检察长说：你说吧。

对方似乎终于下定了很大决心，孩子般地望着他，说：胡检察长，本来，我早就该到您这儿来的，我也一直想来，可是我……直到……

胡检察长又皱了皱眉，说：你能不能快点，等会儿我还有个会。

对方说：好，我一定抓紧时间。我昨晚一整晚都没睡着，我良心不安，毕竟是受了多年教育的干部，我辜负了组织的信任和培养。我本来是一个中学教师，那年县里举行公务员考试，我抱着试试看的心理去报了名，没想到真的考上了。几年后，我从一个普通工作人员被提升为股级干部，我知道，我前面的路还很长，我不该过早地断送自己的前程，也给单位和组织抹了黑，现在我反思自己，痛定思痛，觉得关键的原因还是自己的革命意志太薄弱，经不住诱惑。县里这几年房地产市场异常火爆，按道理我更应该提高警惕，可我放松了对自己的要求，开始几次，我都坚决地拒绝了，但后来，我还是没有，我没能坚持到底，这是最令我痛心的。我不知不觉被别人拉下了水。那次吃饭后，对方像往常一样送我回家，在我家楼下，他递给我一个提包，说是我落下的。我脸一红，说我没落下，这包不是我的，可对方硬说是我的，并坚持把我送进家门并把那只包放在沙发上。我的心怦怦跳起来。等他一走，我急忙拉开提包的拉链，五大扎纸币，我数了数，整整十万！我呆在那里。我从没见过这么多钱。我拿出其中的一扎在手背上一划，马上出了血。我看着血顺着手背流下来，感到了一种从未有过的快感。当时它们可以在县城买两套新房。俗话说万事开头难，此后我就想也不想把对方的钱收下。虽然有时候我也害怕，但又一想，现在，有点实权的人谁不把钱往自己口袋里揣呢？那天，父母来了城里，我给了他们两万，母亲的手一直在哆嗦。他们似乎也心照不宣，没问我这些钱是从哪里来的。以后，他们每次来我这里，都若有所待。我也每次都没让他们失望。当然，并不是说我有多么孝顺，恰恰相反，我是在用钱暗暗侮辱他们。我和父母曾经为了钱闹矛盾。刚参加工作时，每发了工资，我都把钱如数交到母亲手里，后来我结了婚，有了自己的生活，可他们还要我这么做，我没答应。我也有自己的开销。母亲在钱方面一直是很吝啬的，记得我读书时，每次向她要钱都充满了屈辱。哪怕是十块钱，我都要向她要半天。我想等我参加了工作，就把所有的钱都给她，压得她喘不过气来。可仅凭我当老师的那点工资，肯定是做不到这一点的。现在好了，我有钱了。两万块钱足可以把母亲的衣服口袋扎破个洞。仿佛为了报复他们，我更加毫无顾忌地受贿。我想，等我有一天被抓进监狱，再没有人如期给他们那么多钱，他们也就好像从天堂跌进了地狱。可以说，这几年，我一直在为此作着准备。在父母面前，我一向有自虐倾向。我想通过虐待自己来虐待他们。我很高兴自己有了这种虐待他们的方式。这种感觉真痛快！我暗暗买了好几套房子，还不包括一家房地产老板送我的那一套。我给老婆买的内衣都是一千多块钱一件。她不要，我就送给别的女人。不怕它们没人要。当然，我仅仅是一个股长，在单位上，如果没搞好关系，很快就会下台。为此我送我们局长洋酒、金条、美女，当然还有现金。我跟他是一条绳子上的蚂蚱。不但如此，我还有几个铁哥儿们，可以互通信息，互相帮助。渐渐地，我已经分不清我到底是要报复父母还是自己真的已经完全沉浸在各种享受里了。人都是有弱点的。几天前我看了一则新闻，说一个打工的小伙子在取款机上取钱时，发现自己的卡上多了好多钱，他就把那些钱都取了出来，有十多万，结果被法院判了无期。我觉得他挺冤的，他是作案者，更是受害者。试想，又有多少人经得住这种诱惑呢？实际上，我昨晚哪儿也没去。我想摆脱过去的那种生活。但是又不知道怎么摆脱。正在这时，我接到了你们的电话，我想，还是组织好，能及时挽救我！

胡检察长以为这个人是疯子，正想叫人来把他拽出去，但对方又说出下面一番话来。他说：于是我连夜在网上查了法律资料。我要自首。不但要自首，还要立功。只有这样才能救我自己。我知道，《最高人民法院关于处理自首和立功具体应用法律若干问题的解释》从 1998 年 5 月 9 日起就已经实施了。并且，根据刑法第六十八条第一款之规定，犯罪分子到案后有检举、揭发他人犯罪行为，提供侦破其他案件的重要线索，阻止他人犯罪活动，协助司法机关抓捕其他犯罪嫌疑人具有突出表现的，都应当认定为立功。因此，我要将功赎罪。现在我要举报财政局副局长郑弋，教育局书记刘铁，县政府办公室主任万春晖，贪污受贿，生活腐化堕落，利用职权为所欲为，给国家和人民的利益带来了巨大损失！郑弋曾借职务之便，一次就从单位账号上给自己划了十万元人民币。教育局书记刘铁，在各学校的人事任免上，伙同其他领导一起暗箱操作，让才能平庸之辈得到重用，有才能的人反而靠边，导致我县的教育水平整体下滑。并且他还与多名教育系统的女干部和女教师保持暧昧关系，具体名单我这里都有。至于县政府办公室主任万春晖，他也多次收受巨额贿赂。每次出差必嫖妓，并且不用自己买单。他在新区的一栋新房，就是×公司的一个经理送他的。他哥哥和妹妹，都被他违规安排到好单位。她妹妹本来是一家工厂的临时工，但他和刘铁互相勾结，七弄八弄的，竟让她妹妹冒名顶替，成为某小学已有七八年教龄的正式老师。胡检察长，我恳请你们对我所举报的事情进行调查，核实。这是我的日记，上面详细地记载了我们四个人每一次聚会的言谈。也许你会奇怪，我怎么会把这些写到日记里去，其实这很好理解，古话说"害人之心不可有，防人之心不可无"。我知道，在官场和生意场上，没有真正的朋友。我想，如果有一天他们陷害我把我扯出来，那我也对他们不客气，这就是铁的证据。

胡检察长把日记本接了过去，说：你叫什么名字？是哪个单位的？

尊敬的女士

　　昨天，老大又让秘书通知我去他办公室。什么？就是我们书记啊。书记是老大，县长是老二。你知道，我不喜欢这样。我是个清清爽爽的女人，不然，别人会用什么样的眼光看我呢？我最讨厌那种人了。如果他不是我们老大，我才不会理他。让我生气的是他没有直接叫我。他又不是不知道我的手机。当然我也理解，他为什么这么做。他是个稳重的人。不然他不可能当上我们老大。我们县是百强县，很多人想来都没来成呢。上任那天，他还在大会上发表了就职演说。他真有水平，我听了很激动。电话是同事接的。她说：你的电话。她很不高兴地把话筒递给了我。我知道她嫉妒我。我拿起话筒，故意大声说道：王秘书啊，你好，什么？书记叫我？好，我马上就去。我嘴里说马上，其实还故意磨蹭了一会儿。我表现得很聪明。他叫秘书打我办公室的电话，肯定是想让别人以为他是为公事找我，所以我临出门时，还装模作样地拿了一份报表在手里。我感觉身后的目光像毒蛇一样吐着信子，但我昂首挺胸，骄傲地走出了办公室。我在一楼，他在三楼，他每天上班都要经过我办公室门口，我注意到，他每次都要在上楼的地方停顿一下，抬手轻敲额头，好像在思考什么问题，不过最终还是理智占了上风，他转身上楼。他住在市里，周末自己开车回去，星期一开车上班。对，就是那辆一号车。他把车子开进大院时嘀嘀摁两下喇叭，我就知道是他来了。他在县委宾馆里有一个套间。有一次，他叫我去，我说：我不去那里。我又说：你知道我为什么不去那里吧？他点点头，说知道。他是很了解我的。当然，像我这样单纯的女人，他不可能不了解。我请他一定要尊重我，他答应了。我跟他说，我只去他办公室。那天，我刚到他办公室时，他还装模作样的，因为有个人在向他汇报工作。他对那个人可真严厉，我看了暗暗好笑。终于把那个人打发走了，他站起身来，背着手走了几步。他问我要不要把门关上，我说不要。我的眼睛又开始责备他了。他这个人，大概一辈子都处在理智和感情的激烈斗争中。现在是办公时间，把门关上了，别人会怎么想呢？如果有人来找他怎么办呢，对吧？他像是知道自己错了，不好意思了，没敢看我眼睛。说实话，我喜欢他这个样子，这说明他还很纯洁，没有像一般人认为的那样，当官的没一个好东西。他叫我坐在他对面，仍然什么也不说。倒是我先开了口。几乎每次都这样。这多奇怪啊，要知道，他可是我们老大。他在台上一讲就是几个小时，水都不喝一口，可怎么跟我在一起，就忸怩不安起来了呢？这说明他是很在乎我的。很在乎自己在我眼中的形象。看他在台上发言，就会想起他单独在我面前害羞的样子，我不禁要笑起来了。

他一坐在我面前，就像换了个人似的。他总是那么心急火燎地叫秘书把我找来，然后又什么也不说。他不说我也不说。不过这种意境我是喜欢的。有些像古典诗歌。我不喜欢热闹，总是一个人坐在台灯下，静静地读书。大概是因为这个原因，我在别人眼里就成了才女。我不想像许多人那样庸庸碌碌活着。她们那种鸡窝一样的生活我是难以忍受的。我永远也不希望成为她们中的一员。不过人都是有排异心理的，她们见我跟她们不一样，便开始挤对我，在背后讲我的坏话。她们不知道，我其实是个多么单纯和天真的女人。由于我不在乎，她们的排挤和中伤也就完全失效。她们射向我的冷箭在半空中就掉下去了。我望着他，眼睛渐渐湿润起来。他是懂我的。我知道他是懂我的。而在我面前，他又像个孩子，我几乎要伸手去抚摸他。

我还记得，第一次见到他时，他是那样惊讶地望着我。我猜想，肯定是我的气质打动了他。男人们总说我很冷淡。他们说，你要是再热一点点就好了。可我是不可能跟他们热起来的。但是，奇迹发生了，我第一次看到他时，就有一种热的感觉。那是他上任不久后的一个晚上，我们科室有个饭局，县委在旁边也订了一个包厢，他主动来这边敬酒。你不知道，他真的很平和，一点架子都没有。他个子那么高，长得那么帅，哪像一个书记，在我眼里，简直就是一个明星。当然，跟他相比，那些明星算什么，都轻浮浅薄得很。四目相碰，似乎在书里，在梦中。他的精彩演说还在我耳边回响。真的，这大概就是那种命定的神秘吧。他完全改变了我以前对县领导的印象。自从我到大院里来上班后，也经历了好几届领导，但说实话，我都不怎么瞧得起他们。看上去，他们跟货车司机或杀猪卖肉的屠户没什么区别。有个副县长还对我动手动脚的，有一次他借口说谈工作，把我叫到宾馆里。但我从那里巧妙地脱了身。只是我的手臂不幸被他摸到了，他手上的老年斑让我恶心了好长一段时间。

一桌人，除了我，其他都是男士。谢天谢地，那个经常对我鼓着一对金鱼眼的女同事照例没来。她很少参加这样的活动，儿子读高三，还是复读，她要赶回家督促儿子做作业。当然，如果她知道新来的书记会过来敬酒，说不定她就来了。事后我想，幸亏她没来，不然会让我错过生命中最重要的时刻。他先敬了全桌，然后单独敬我。我猜想，他就是想跟我单独喝杯酒，才敬了全桌的。他肯定早已注意到了我。他多聪明啊。他端着酒杯大胆地向我走过来，说：你是全场唯一的女士。然后放低声音，嘴唇几乎碰到了我的耳廓，说：来，尊敬的女士，我单独敬你一杯！

我的脸不由得腾地红了。我周身发烫，心跳加快。稀里糊涂的，我居然把满满一杯白酒喝干了。大家惊呼起来。他也别样地看了看我。

饭后，楼上有一场舞会。我抱着试试看的心理向那里走去。他果然也在那里。我故意坐在一个角落里。主办舞会的人请了一些大院外面的女人进来，有几个我认识，比如招商局的小袁，身材和容貌都没得说。政府办的秘书小戚，据说腰围是全县机关里最小的。中心小学的吕虹，以前住我楼下。他虽然在跟那些女人和男人应付着，可明显是心不在焉的，眼神若有所失，像在寻找什么。看到我，他眼睛一亮，便大步流星向我走来。不用说，他要请我跳舞了。可他没注意到，他的这一举动带来了多大的乱子。他像一条大鱼穿过舞池，整个舞厅都为之晃动起来。最后，大家的目光都集中到我身上，定格。其中有羡慕，更多的是嫉妒。

他的目光充满了期待，仿佛在热切地鼓励我：来，别管他们，他们越这样，我们便越要跳给他们看。他脸上带着一种恶作剧的调皮，让我怦然心动。于是我勇敢地伸出了手。我们向舞池中央滑翔。他再次俯在我耳边，叫了我一声"尊敬的女士"。我浑身一颤。说真的，我情愿我当时像电影里那样，瘫软在他怀里，任凭他抱着我向什么地方走去。哪怕是走向刑场我也在所不惜。他身上散发出一种强有力的气味。他的手在我腰上，就像船边的桨。他一会儿把我划向岸边，一会儿又划向舞池中央。他说我是有才华和品味的女人，舞也跳得很好，两只脚比其他任何女人都善解人意。他的话说得多么巧妙。他不直接说我比其他女人聪明，而说她们甚至比不上我的两只脚。

那天晚上，我不知道是怎么回到家里的。我满耳朵都是他那句既温柔又掷地有声的"尊敬的女士"。我浑身痒酥酥地难受。我把披肩解开在镜前站着。时间已是午夜，我毫无睡意但又必须强迫自己睡觉。我知道，充足的睡眠对于女人来说意味着什么。我楼下有个女人经常打牌熬夜，才三十岁的人看上去至少有四十岁。难道我明天也要以这样的形象出现在他面前吗？不行的，那是绝对不行的。我揉了揉脸，对自己说：尊敬的女士，为了明天的工作，你该睡觉了。

培养大师

这是我儿子，您瞧，他多可爱，这是他六个月时的照片。我后悔，没在更早一些的时候给他拍照。现在，很多名人的画册都是从襁褓之中开始的。您瞧他的头多大！他的额角多么宽敞！他的耳朵多长，耳垂多厚实！他的小嘴多么方正！他几乎不像是我和他爸生的。每隔一个月，我都要带孩子去一次照相馆。有一次，他不肯一个人照，硬要拉我进去，喏，就是这张。我激动了。他这么小，就知道爱妈妈，将来出了国，一定会更加热爱祖国的。

别看我生活在平常之中，但我并不想做一个平常的人。读书时，我迷上了书法。我经常梦见我写的字，像王羲之的"鹅"字那样，冲天飞去了。但是，很多因素决定我不能成为一个卓越的书法家。有一段时间，我几乎忘记理想了。得感谢我的儿子。是他，重新唤起了我对书法的热爱。有一种力量，鼓励我把自己没能实现的理想，嫁接到儿子的身上。

我曾长久地望着摇篮中熟睡的儿子。别人的孩子，都不如我的孩子好。有人说，每个母亲在抱着自己孩子的时候，都仿佛抱着未来的国务院总理，这话说到我心里去了。

当时很流行胎教。想孩子成为音乐家的，天天听贝多芬或柴可夫斯基；想孩子成为文学家的，天天听唐诗宋词。但就是找不到书法方面的胎教教材，为此我自己动开了脑筋。我每天坚持练两个小时的毛笔字。我一边写，一边对孩子说：横要这样写，藏锋，运笔，再顿笔，笔锋提起，记住了吗？来，我们再来一遍，让妈妈握着你的手。我就仿佛握着他的小手在用力。我还自编了一套书法胎教教材。都说怀孕期的女人最聪明，就是睡着了，我也用墨汁在半圆形的肚皮上写上大字，让孩子闻到墨香。孩子伸出手，在我的肚皮上摸来摸去。他在临摹那字呢。

日后，等我的孩子成名了，我就会把我编的书法胎教教材公开出版，让更多的母亲和孩子受益。但现在肯定不行。我怎么能傻啦吧唧地培养自己儿子的竞争对手呢？我这不是害他么？要知道，大师的名额是有限的，请原谅一个母亲的自私吧。

儿子和书法的神秘联系从他六个月的时候就开始了。那一天，他大哭不止，我想了很多办法他还在哭，后来我急中生智，抓起写字台上的毛笔往他手里一塞，你说怪不怪，他立时就不哭了，还把笔举起来，眼睛骨碌碌地转，我激动得不知说什么好。看来，我的胎教已经开花结果了啊。孩子在两岁的时候，果然显露出了不同寻常的书法天赋。他忽然说：我要写字！我给他磨墨。他拿起笔来，大大方方地写了一个字：两点加一提，再是两横，一竖，又是一横。他姓汪，你看，这不是个"汪"字吗！

我现在最后悔的，就是当初没能把那个"汪"字保留下来。那可是我儿子的处女作啊！一个才两岁的孩子、一个神童、一个未来的书法大师的处女作！它是无价之宝，可是我，竟然一时糊涂，把它给丢弃了！我是一个多么愚蠢的女人啊！

对儿子每一幅习作的珍惜，成了我以后生活的主要内容。除了习字，我还带他去走访名师和名山大川，让他吸取名人和山川之真气。我儿子的字还真的得到了许多当代书法家的赞赏。他们都是书法家协会的会员。他们说我儿子前途不可限量。有一位老先生想收我儿子为徒，但我考虑到他名气不是很大，便婉言谢绝了，我把儿子的每一幅习作都小心地晾干，抚平，再精心地收起。再过若干年，它们都将是国家一级保护文物。你想想，现在就是王羲之洗笔的水池，其价值也相当于一个小地方全年的财政收入了。保护文物就要从它还不是文物时做起，所以我也是在为国家作贡献。我还花高价请一位篆刻家为我儿子刻了一方图章，盖在每一幅习作上。因为我听说，一幅字画没有图章是算不了数的，就像一个人出国没有护照一样。到目前为止，儿子的习作装满了三口大箱子，我正准备腾出一间房来，专门放儿子的作品。每天夜晚，我都看见儿子的习作在闪闪发光。不，那不是金银珠宝，而是精神文明。我还保存了他的课本和作业本。有一次，他的一个作业本被老师弄丢了。但我怀疑是老师故意把它藏起来了，她知道我儿子将来是大有出息的。现在，有的老师师德不行。我到学校去，好言相劝，请她把我儿子的作业本还给我。她不给。她的身子紧紧护住抽屉。我说你打开抽屉让我看看。她脸红脖子粗了。我坚持着，不肯让步。她叫来了保安人员。趁我和保安人员理论时，她迅速把我儿子的作业本转移了。末了我和她大吵了一架，让她自私和贪婪的嘴脸在大庭广众之中暴露无遗。

　　每月为儿子照一次相的习惯，几年来一直保持着。我在每一张照片的背后写上时间地点和当时情景。现在已有的那些名人或伟人的画册、传记总有着这样或那样的遗憾。我儿子的画册和传记，将是世界上第一本资料最详尽、内容最丰富的画册和传记。

　　还有一件极重要的工作是，我必须教会儿子熟练地签名。我督促儿子反复地练习他的名字。毛笔、钢笔、圆珠笔，硬笔、软笔都要适应。作为一个书法大师，他的签名应该漂亮非凡，无与伦比。

隐姓埋名

实在不好意思，打乱了会场的秩序，在此，我谨向大会主持人、各位尊敬的领导和与会者表示歉意。我的确很想参加这次大会。在一个人的生命中，这样庄严而意义重大的会议或许只有一次。我是幸运的。感谢读者这么多年来对我的厚爱，感谢评委会给了我这么一个机会。如何参加这次大会，我想了很久，也作了充分的准备。我自以为，条件已经成熟了，我可以把这个谜底揭开了。当然，我说的条件成熟并非指我的功成名就和获奖，而是我有胆量和有能力说出这一切了。也许你们会以为我用了这么多年的时间，开了一个莫大的玩笑，并由此联想到荒诞或行为艺术之类。但我要说的是，我并不是有意在玩什么荒诞，而是为了生存，一个写作者的生存。

要说明的是，我的迟到并非故意。本来，我是完全可以在大会召开前，赶到会场的。但是，我所在的地方，交通还不是那么方便。从我们那个小县城到市里，要过渡。那几乎是长江流域最宽的渡口。洪水季节，渡船载着汽车和人，要在水上行走两三个小时，平时一般也要半个多小时。遇上大风大雾，就会停渡。渡口的管理很混乱，渡船愿开就开，不愿开谁也拿他们没办法。我动身的那天，本来是可以赶到市里过夜，然后坐第二天早上的火车的，但是那天下午，省里的一个什么检查团到达我们县城，为了让检查团满意，随时能过渡，县里作出指示，渡口停渡其他一切车辆。结果，那天晚上，我只好在县城过夜。

说了这么多，还没来得及介绍自己。其实不用说，大家或许也已经猜出了几分。在下正是乔秀竹。乔秀竹是我的笔名，或者说，是我妻子的名字。我的真实姓名是。那是一个你们十分陌生的名字。不过在上个世纪九十年代，也曾数次出现在一些刊物上。后来，就销声匿迹了。同时，一个叫乔秀竹的名字开始在全国各地的报纸杂志上出现。用当时评论界的话来说是一颗文学新星冉冉升起。为了文学，为了自己的文学之梦得以实现，我不得不把自己伪装成女性。

我出生于上个世纪七十年代中期。我不是一个早慧的作家。不能否认，作家向来是有这么两种，一种是一开始便写得很好，还有一种是开始也许写得并不好，但他们会慢慢地越写越好，比如，刚出道的时候写得并不好甚至很差，但因为种种有利条件，他（她）不断地受到鼓励，越写越好终成大家。我大概只能属于后着。我开始写作的时候，有些同时代的人已经在文坛上十分耀眼了。但我遏止不住写作的冲动。我自信我将来也能写出好的东西。一个叫福斯特的英国人是怎么说的，他说，所有的作家不分时代和国籍，都好像是在同一间教室里做作业，并不因谁先交卷就会得分高。慢慢的，我的小说也得到了一些编辑和作家的喜欢。但后来，不知怎么的，文坛上的风气好像忽然变了。我的小说不再那么的容易得到发表。有的说，你等一等，稿子很挤。有的说，我们现在比较侧重于发名家的，你的名气还不是那么响亮。有的说，哎呀，我们刊物已经改版了，专门发小品文了。有的说，这两期我们在做女性专号……

我难以忍受作品长期得不到发表的痛苦。我来到了省城，谋到了在一家畅销杂志社当编辑的差使。可当了编辑才发现，假如你真的还想对文学有所贡献，那你最好不要当编辑。尤其是畅销杂志的编辑。

使我萌生改名的念头，是有一次，我把一篇小说寄给了杂志的一位编辑，那是一个在全国比较有名望的编辑，培养了不少的作者，尤其是女性作者。他很快就给我回了信。他在信的开头热情地称我为女士（其实我的名字是比较中性的，或许是我细腻的文风使他产生了错觉）。他说他很喜欢我的小说，写得棒极了。末了，他问我的电话。我就激动地给他回信了。我在信里感恩戴德结结巴巴。在信后我还特意有些幽默地注明我不是女士而是男士。此后，他再也没有给我来信或电话。我等了大半年，很着急，便大起胆子去问，谁知他竟想不起有这么一回事了，嗯嗯啊啊了好一阵子，才说找找看。又过了一段时间，我又打电话，他终于说找着了。我问什么时候能用出来，他说等等吧，我们刊物有自己的安排。后来我再也没有给他打过电话。我翻了翻新出的他编的杂志，的确，上面不是名家就是女性作者。

就这样，我冒出了恶作剧的想法。下一篇小说，我没署自己的名字，而用了我妻子的名字，也就是乔秀竹。没多久，果然收到了他的来信。他依然称赞了我的小说，并说尽快会用出来。又是要电话号码。我笑着把一切告诉了妻子，她没见过什么世面，吓得发抖。我说你放心吧，难道法院会判我的诈骗罪不成？其实我想好了，就是法院判我诈骗，我也是心甘情愿的。因为这本身就是控诉。我模仿女性的笔迹给他回了信，并告诉他电话。电话响起来的时候，我让妻子去接。时间长了，她竟然也能进入角色。几个月后，我的小说就用乔秀竹的名字发表出来了，并且是放在相当重要的位置。

此后，也许是虚荣心作怪吧，我就索性用乔秀竹的名字写作了。这个名字很快就有了影响。经常被评论家注意，或进入各种年度选本，登上排行榜。诸如此类。还有一家杂志社，以前我也是屡投不中。不是我的稿子质量不过关。看我稿子的是一位著名的女编辑。当代文学的许多经典作品都是经由她手的。几乎我的每一篇稿子，她都送审了，但都是在终审那儿卡住了。她只好一再向我道歉，说领导对新作者的要求往往比名家高得多，务必请我见谅，并再接再厉云云。她当然不好说得更具体。但是说实话，虽然她没能把我的稿子发出来，我也还是很感激她。她对我的作品的首肯，已经给了我莫大的创作激情和信心，也许这比作品发表出来更重要。我完全信赖她。在此，我要向她表示我衷心的感谢，也要请她原谅。因为我后来用乔秀竹的名字直接跟她们主编联系了，稿子也很快发表出来了。在此，请允许我冒昧地说出她的名字，她就是杂志社的老师。我从未见过她，我不知道她今天是否也来了，但我一定要说出我对她的感激之情。这是一个作者对编辑的最神圣的感情，我愿永远把它保留在心底。

——她没说出的话，我也知道。不知从什么时候起，文学界形成了各种不同的圈子。这当然不是指流派和风格，而是人际的圈子。有很多作家的水平其实末流，但是由于地利和人和的原因，他们进入了圈子，这样，他们的作品源源不断地得到了发表。久而久之，竟形成一种风格，评论家也开始注意了并搜肠刮肚地为之命名。不幸的是，他们的繁华不过是昙花一现，现在，事实早已证明了这一点。但是，有谁知道，许多有个性和才情的作家却因此而被掩盖和扼杀掉了呢？这是令人惋惜和感到悲哀的。我似乎是换了一个名字就进入了那个圈子，一年之内，那位主编竟连续发表了我两部中篇和一个短篇。于是，我有些滑稽而心酸地看到，我正在出名或已经出名了。

我明白，我不能再在省城里待下去。迟早有一天会露马脚的。再说，我对所谓的文学界也实在厌倦了。于是，我回到了乡下。那里更适合隐居。听说有一次一个什么地方的编辑到这儿来找我。他先找到县文联，县文联说不知道这么一个人。他们说，早些年，我们县里搞文学的人倒是出了几个，但他们都已经在外面发展并且扎下根来了。他们说了几个名字，其中就有我本来的名字，但来人一律摇头。一下子没有了共同语言，县文联的人也有些无精打采。那个人只好怏怏而返。

事后他在信中向我抱怨，我只好向他解释我这人怕社交。并开玩笑说，目前的隐居说不定是为了将来给文坛制造一个惊喜，到那时，你也脱不了始作俑者的嫌疑。他只好笑着咬牙切齿道（我能想象他嘴角的笑纹是如何地向两边蔓延）：总有一天，要找你算总账。

其实，自从我用乔秀竹的名字发表作品后，类似的骚扰就一直不断。一家知名文学刊物的主编主动和我联系，说：杂志算什么东西，不过是用我们的下脚料罢了，把你的稿子寄给我看看，我给你发个专辑。或者：好好干啊，什么时候，到（市）来，我们好好谈谈。说实话，应付类似的骚扰并不是一件容易的事。我很吃惊于他们的下流无耻。

为了对付这种骚扰，我只能更加勤奋地写作。当我的名气达到一定程度的时候，他们或许就不敢再来骚扰我，我也可以说出真相。这次大会，我之所以参加，就是因为我想借这次很有影响的大会，告诉大家真相。我是一个男作家，不是一个女作家。虽然对作品本身和将来的读者来说，作者的性别根本不重要。

最后，我想说的是，我不配得文学奖。不是我的作品不合格，而是我的文学态度不虔诚。我有欺骗行为，我耍了手腕。而文学，永远是人类精神的圣地和灵魂的净土。我玷污了她纯洁的名声。因此，我希望评委会同意我的请求，剥去我的获奖资格。

我的发言完了。

给一个文学青年的信

××你好！你要我谈谈对文学创作的看法，并询问如何才能短平快地取得成功。你的心情我很理解。十年前，我也像你一样病急乱投医，到处打听写作和投稿的秘诀。你说，最近读了一位作家的文章，他说不写作就活不下去，你问我，是不是真有那么回事。说实话，在我看来，没有人不写作就活不下去。真正的写作只能使人活得更糟而极少使人活得更好。一个人，为什么要写作，其实不外乎两点，一是为写作而写作，一是为写作之外的东西而写作。坦白地说，我既为写作而写作，也为写作之外的东西而写作，比如说找到一点与众不同的感觉（虚荣心）。但我永远也不会说，不写作就活不下去。也许，还会活得更好。

之所以跟你谈这些，是因为我觉得你的动机也未必"纯正"，怕你不肯说，我就先说出来了。我在读那些大人物的传记时，一看到他们的"缺点"，就很高兴，仿佛自己离他们又近了一点。

其实，像这样貌似过来人地给文学青年（不含贬义）写信，我不是第一个。比较有名的，比如郁达夫的《致一个文学青年的公开状》。你知道郁达夫那封愤激的信，当年是写给谁的吗？就是后来"星斗其文"的沈从文！所以我满心希望你将来也成为一个沈从文。但是现在，从文的境遇似乎不是那么的好。文学刊物一家家地倒闭了，改版了。你年年岁岁地写，东西却不能发表或少有发表，口袋里没有钱，老婆孩子、包括自己都饿得哇哇叫。而且，单位领导说你不务正业，邻居说你性格孤僻，老婆丈人说你没用。好不容易缩头缩尾地逛一次街，却捧回来一堆书，惹来老婆一顿臭骂，儿子也狐假虎威地在你没肉的腿上飞快地掐了一把

（怎么样，尝到结婚的苦头了吧）。你生气。跟自己生气。你咚的一声关上房门。你抽烟。一支烟至少要一毛钱，你又心疼了。然而不抽还不行。你喝酒。你一喝就醉，醉了就哇哇大哭。你还没成为作家（是否以加入作家协会为准?），但作家的坏毛病却都染上了。染上，这个词多么可怕，似乎无可救药了。你擦掉眼泪，强颜欢笑，接着写你的东西。你想抒情，想契诃夫式地去关心一下失学儿童和下岗女工……现在社会安定，你既不能受郁达夫之"教唆"去做蒙面强盗，又不能回避艺术与人生这样优美的话题，那么好吧，且让我来教你几招，看能否有助于你脱胎换骨。

　　就让我们从"脱"开始吧。假如你想先脱贫致富，不妨到邮亭或书摊上走走。那里，书报杂志的封面都用大号字绑架着美女，勾人的标题弄得你鼻子痒喷喷的。它们就像夏天的蔬菜（再不卖掉，转眼间就会成为垃圾）一样堆成了山。它们主要是针对家庭妇女（闲而管着钱，需要消遣，眼泪不值钱）、在校学生（幼稚，容易上当受骗，且客源不断）和漂泊在外的打工者（寂寞，做梦，什么都要填补）。你可以投资一点，买一本回来，先学习学习。这类稿子你都把握不准，要么是你和文学根本就没缘分，要么你就是个文学天才。有的人，小说写得好，散文写得好，诗歌写得好，但就是写不来这样的文章。就好像那时候一个名牌大学的教授下放到我们村里，却教不好小学生。你看，有些事物就是这样不可兼容。依我看来，这类畅销文章和文学作品（比如小说）相比，区别在于，前者明明是"真"的（确凿的时间地点人名，甚至还有照片），可怎么看都像假的，后者明明是假的（虚构的），可看起来就是真的。这就是艺术的力量啊。写这类文章，能采访当然最好。各类晚报都登有本地区新近的拍案惊奇，你顺藤摸瓜就是了。能搞个记者证最好。没有，搞个通讯员证也行。如果当事人不同意采访，你可以装出能帮他们解决问题的样子，绝望中的他们就把你当救星了。你就获得了详细的第一手资料。当然，如果涉及此事的有关单位或个人不能得罪，那也不要紧，你可以"艺术"地处理嘛。文章发出来了，尽量别让当事人知道，你只要领到丰厚的稿酬就可以了。如果万一没有合适的线索，那你就杜撰捏造吧。什么好卖你就编什么。时间和人名都好说，地名可用虚实结合的办法，县以上用实，县以下用虚。比如建安县你改为安建县，外省人谁知道？中国地大物博嘛。至于照片，也不麻烦，用亲戚的、朋友的（能不让他们知道就别让他们知道）。要不，用自己的也行。于是，你的亲戚朋友，一个个断了腿，瞎了眼，失了聪，婚外恋，杀了人，演绎出让家庭妇女或打工妹热泪盈眶泪雨滂沱的悲喜剧。有人说，你这样做，就不怕编辑大人火眼金睛吗？你这就不了解行情了。一篇稿，你拿两千元稿费，编辑大人可拿三千元奖金，你说，他不护着你吗？难道他就发了疯，犯了傻，不想完成编辑任务了？你拿笔当摇钱树，他拿你当摇钱树，主编拿编辑当摇钱树（欲知编辑内幕，请参阅本人小说《沈德高主编的一天》），最终被欺骗的，当然只能是那些智商低下的读者了。如此这般，你脱贫致富有望了。

如果你还比较清高，比较有偏见，比较洁身自好，只想在你无比热爱的"纯文学"上脱颖而出，那好，我也教你几招。

首先，从大的方面说，你要多读点外国书，尤其是新介绍进来的新作家的作品，因为那些普及程度很高的作家，都已经被人模仿得差不多了，比如福克纳，卡夫卡，马尔克斯……你再去模仿，马上就会被人认出。所以我建议你不妨模仿一下某个还不怎么知名、作品又别具一格的作家，争取一炮打响。可惜你不懂外语，不然，你就可以近水楼台先得月了。现在已经很红的许多作家，当初正是这么干的。问题是，看谁先抢到手（就是模仿，也要先下手为强啊）。这没什么不好意思的，可以美其名曰"借鉴"嘛。你也可以辨别一下风向，看写什么容易获奖。有些作家，功底和他的人格一样差劲，作品和他的为人一样俗气，但他就是能获奖，谁也拿他没辙。

可惜你不是搞评论的，不然，你逮住几个名家（已死的比健在的更安全），臭骂一通，然后又化名某某，来一通反臭骂，再反反臭骂，如此循环，如老顽童周伯通左右手互搏，既热闹好玩，又容易出名（不管哪只"手"出了名，反正都是自己）。

从小的方面说，你应该注意一下技巧。比如，在笔名上做做文章，在自我介绍上做做文章。现在，出来了一大批美女作家，你应该乘着这股东风，抓住机遇，力争一下子出名。有的人，稿子写得不好，但名字有性别，编辑大人便要生怜香惜玉之心了。你别愤世嫉俗，其实这事早在上个世纪二十年代就有了。那时，丁玲女士每稿必发，而她先生胡也频常遭退稿厄运。他一气之下，玩了个恶作剧，把退稿署上他太太的芳名，寄给同一家报社，结果很快发出来了。你心里还有什么不平衡的呢？当然不要给编辑大人亲手检阅你的机会。跟编辑打电话什么的，可叫你老婆或女友披挂上阵。当然，如果你是现成的女性，那就更好说了。你可以经常穿着超短裙，去和编辑大人聊天，两眼山含情水含笑，美腿像镁光灯一闪一闪。路程远的，不妨寄个玉照、打打电话什么的，装出在火坑里的样子，勾起他们的拯救欲。哪怕是再心硬的编辑，你也能水滴石穿啊。

此中，技巧很多，你自己慢慢琢磨体会。

最后我想跟你谈一下投稿方面的事。在这方面，害人之心不可有，防人之心不可无，要小心你的稿子被编辑剽窃。我以前的一位同事就擅长此道（他是某青年刊物的编辑、记者和青春美文作家）。他的房间里堆积着大量来稿。那可是一个原材料不用花钱的加工厂啊。我亲爱的朋友，说不定里面就有你的。有条件不妨上网搜搜，看自己的孩子是否穿上了别人家的衣服。

信已经很长了，就此打住。附上一本《投稿指南》，上面有国内千余家报刊的地址。把同一篇稿子换几个不同的题目，或把一篇短文抄写或复印数十份，都会有较为可观的收入。

也许，等你富裕起来，你也会又悲壮又卖弄地说：不写作，我就活不下去了！

祝创作丰收，四季发财！

 **读者来电**

一天，我接到一个电话。一个人说我在某篇小说里丑化了他的形象，我写的就是他。他要到法院起诉我。

我问他是谁，他说他是××。

我想起来了。这个人，我在某次会议上见过一次，他给过我一张名片。我也给了他一张名片。

他说，他仔细研究了我的小说，气愤地发现我影射了他。

我说，何以见得？

他说，他发现我极其阴险地把小说中一位主人公的姓和名的第一个字母，安排成他的姓和名字的第一个字母在字母表中的下一个。

他的表述比较费劲，但我还是听懂了，即，如果他的姓和名字各音节的第一个字母是 A 和 M，那么我小说中的那个倒霉蛋（现在看来，倒霉的很有可能是我）则是 B 和 N。

我说，这是巧合。我想，这样的读者真古怪，大概是在拿显微镜读小说。而且还是有折射功能的显微镜。如果没有这种显微镜，大可以开发研制。

他冷笑一声，说：巧合？太巧了就不是巧合吧？那就是蓄意了，是你所谓的"精巧"构思了。

我笑了，说：我干吗要攻击你？我跟你无冤无仇的。

他说：我怎么知道啊，说不定上次开会时我得罪了你，你就怀恨在心了。

我说：除了交换名片，我们总共说了不到三句话。仔细想来，其实就是两句，第一句是你好，第二句是再见。你干脆点，我写了你什么？

他说：比如和学生谈恋爱的那个情节。

我说：老师和学生谈恋爱的事情，生活中有的是。

他说：问题是，那个细节，只有我知道。

我说：你怎么跟你的学生谈恋爱我不管，我小说里这句话，也是根据当时的情境想象出来的。

他说：问题是，你歪曲了我的本意。

我说：我们能不能先划个界限，不要把我笔下的人物和你混为一谈。

他激动地说，对他来说：没办法不"混为一谈"！太明显了！谁都一眼能看出来！你的小说发表后，我的很多同事都看到了。他们在背后对我指指点点。

我说：他们怎么知道是你？

他说：你看你，还在装糊涂，你不是都写了吗？我老婆发现了我和女学生的关系，找领导反映情况，到系里跟我吵，都弄得我没脸见人了。你这人，写都写了，干吗不承认呢？还有抄袭，你也不该写。其实我也知道，抄袭是不对的，谁不知道呢？可谁都在抄，你又怎么样？为什么你偏偏就把我给写了呢？

我说：既然教授们抄袭是那么普遍，你怎么认为我写的是你呢？

他笑了笑，说：我虽然不会写小说，但也知道，小说的情节可以虚构，但细节是不能虚构的，好像有人这么说过，对吧？

我说：你还挺懂啊。

他说：幸亏我懂，不然被人刺了一刀我还不知道是痛是痒呢。

我说：我哪里把你弄痛了？又哪里把你弄痒了？

他说：我真搞不清楚，你怎么对我的秘密知道得那么多。我都怀疑你在我家里安装了摄像头。说实话，看完你的小说我差点报警了。我仔细检查沙发、茶几和书房角落，看是否找得到监视器之类的东西，问老婆最近有没有可疑的人来过家里。我那篇论文，除了你，没有谁能看出来是抄的。我采用了一些非常技术的、隐秘的手段，而你在小说里把它们全写出来了。我敢肯定，有不少人、尤其是大学教授或学生读了你的小说之后，马上会如法炮制。你说你多么恶劣！难怪上面要规定，文学作品不能把犯罪的过程和细节描述得那么详细。我就是把这个理由端上去，法院也会判你有罪。

我觉得这个人实在无聊，居然还冠冕堂皇起来。我也不客气了，说，难道你想在法庭上说，你搞了女学生，剽窃了别人的书稿，而且还理直气壮？你要打官司，我奉陪。

他说：别以为你写的是小说，法院就不会受理。现在，小说侵权的官司可多了，这说明法律还是站在我们这一边的。你这篇小说，不仅仅损害了我一个人，而且损害了广大教授们的形象。

我说：可笑。

他说：一点也不可笑。你忘了，以前有个女作家，写一个人变成了牛，结果被判了刑？你说，一个人，再怎么坏，也不能变成牛，对吧？你们作家，脑子都比较乱，还有一个人，把人变成了甲虫，居然成了大师！就说那个把人变成了牛的女作家吧，虽然她没写真实的姓名和地点，可她还是输了官司。她坐了牢。对方很快把她告倒了，因为事实明摆在那里，他没有变成牛。而且他还证明，他根本没干过小说里写的那些坏事。当时出现了很有意思的场景，女作家找了许多老百姓证明对方怎么怎么坏，原告则到乡政府打了个人格证明，证明他政治觉悟高，是先进个人、新长征突击手，到了法庭上，双方都出示证据，法庭似乎难作决定，但原告律师一句话就把问题解决了，他说，到底是村民的话有说服力，还是乡政府的公章有说服力？

我说：我知道那件事。但我觉得，那个女作家落入了某种圈套。其实她根本没必要去证明什么事情的真假，因为她写的是小说。

他说：你很天真啊。跟你说，在法律上，并没有"小说"这个概念，只有"文字作品"。

我说：毕竟，法制建设也在进步嘛。

他说：要进步也是向我这边进步，而不是向你那边。如果我跟你打官司，我们学校，还有相关的教育部门都会给我开证明。我每年都被评为全校乃至全市先进教师，就是国家级的奖项我也拿过好几次。我的照片常年挂在学校的光荣榜上。

我说：难道你忘了，你跟那个村干部不同，他想证明他不坏，而你恰恰相反。如果你真的起诉了我，你希望他们给你出具什么样的证明呢？证明你搞了人家女学生并剽窃了别人的书稿么？

他说：对，就是这样，我跟女学生谈恋爱，是我的隐私，也是我的自由，我和她一个愿打，一个愿挨，你没权力干涉，我抄袭一下别人的书稿，也不是什么稀奇的事情，谁都在这么做，又有什么错？难道你不懂得罪不责众吗？

我说：那你给我准备了一个什么罪名呢？

他说：你这是跟大多数人过不去！你孤芳自赏，自以为了不起，你具有典型的反社会人格特征。像你这样的人，迟早会以危害公共安全罪被抓起来。

他又说，你们作家都不是什么好东西，我们剽窃的是论文，你们却剽窃了生活。

我说：你还挺幽默。

他严肃地说：这不是幽默，从这个角度说，你们要永远站在被告席上。

我说：照你这么说，受到历史审判的不是那些暴君或暴徒，倒应该是历史学家了？——也许事实的确是这样，我有个朋友是个记者，有一次，没经批准在网上发了一组灾难图片——你知道，在那次火药爆炸事故中，有几十个小学生被炸死。几天后，一帮警察忽然闯进他的住所，搜出了一包雷管——天知道它们是哪里来的。他以危害公共安全罪被刑事拘留，虽然不久又被放了出来，可他失去了工作。

他说：是啊，我们的生活里有那么多好人好事你为什么不写？为什么偏偏要写这些乱七八糟鸡毛蒜皮的事情？一篇好小说，应该是光明的，向上的，要从大局出发。要讴歌，要礼赞。

我说：作家反映的是生活的真实，难道只许你做，不许我写？

他说：你看，你自己已经承认了。

我说：承认什么？

他说：你刚才说："难道只许你做，不许我写？"这不正好说明，你写的就是我么？

我吓出一身冷汗。这时我才发现，我已经不知不觉接受了一个错误的前提，并沿着它笔直往前跑。我的处境并不比当年那个女作家好多少。我自己也不知不觉把对方和小说里的人物混为一谈了。这太可怕了。我赶紧问，你没录音吧？

他不动声色地笑了起来。

我心虚地说：这样的案子，法院是不会受理的。

他说：我会让他们受理。

每每本纪

本其事而记之，故曰本纪

——《史记》

在我们村子里，女人的地位向来比男人高。所以当我们跑到三十里路外的学校读书，知道很多地方重男轻女，老师说它是一种旧社会的封建思想的时候，我们便骄傲地想，我们村子在很早的时候就已经不是旧社会了。我想，这主要是因为我们村与世隔绝的缘故。

我们村子里出美女。她们多得好像我们村里的夜空总是繁星点点，而别处都在下雨。听老一辈的人讲，我们村子里曾出过两位皇妃，八位朝廷一品大员的夫人，至于其他官商人家的老婆或小妾，则不可计数。但现在时代不同了，我们村的女孩子再也得不到当皇妃或诰命夫人的幸运了，只能被成群结队地送到外面去当保姆，好听的说法叫作劳务输出。她们有的比较幸运，可以当后妈。但大多数都混得不太好。要么被男主人欺负了哑巴吃黄连，要么被女主人赶了出来。真正依靠自己创造了传奇新历史的，只有每每。她从村里走出去，一下子就红起来了。

那年，县里下了文件，说我们县里没别的好，只有青山绿水和美女，因此决定放开手脚打旅游牌把经济搞活。美女是我们县的一块大招牌，县长说。因此要在我们村里选一个最漂亮的女孩子做形象代言人。要漂亮到什么程度呢？县长说，要让那些外地客商见了她就走不动步，乖乖拿出钱来。为此，县长带人跋涉大半天在我们村里先走了一圈，看到了每每，县长就走不动了。他对手下人说，就她。

成了形象代言人的每每一下子住到县城里去了。她爹想看到她都难。有一次，一个客人趁着酒兴要每每唱歌，县里的人这才发现了自己工作中的一个重大失误，那就是，因时间仓促，忘了教每每唱流行歌曲。每每唱了一首，客人果然不满意，挥了挥手说：唱山歌嘛，会不会唱山歌？每每说：我一肚子山歌呢。她才唱了一句，客人们就使劲地鼓起掌来。县里的人明白过来，也跟着鼓掌。他们不知道每每肚子里有那么多山歌。这时她好像一只下蛋的母鸡，咯咯叫着，一只接一只地下蛋。

　　很快，每每唱山歌的地方也从酒店和歌厅扩展到广场上。她带动了全县人民唱山歌的热潮。谁也没想到，以前我们谁也瞧不起的山歌，现在成了宝贝。每隔一段时间，每每就要在县城广场举行一场山歌会，坐在前几排的除了外地客商就是各路领导。我们在县电视台里看到，每每唱到高潮，她唱上一句，台下跟着唱下一句。她唱前半句，台下唱后半句。在她的带动下，全县成了欢乐的海洋。

　　后来，县里说，光让每每唱山歌是不够的，也太可惜她的嗓子了。县里便把文化馆那些写歌的人召集起来，要他们为每每写一首歌。里面要有风土人情，更要有县容县貌。那几个人不愧是写歌的高手，仅花两天时间，就用山歌的形式写了一首歌颂我们县大好风光和大好政策的歌曲。那首歌经每每唱出来，好听得不得了。它在县城广场上掀起了新的高潮。很多人相信，有了这首歌，我们县里的发展就更快了。后来，每每还带着这首歌参加了市里和省里的比赛，都获了奖。每每载誉而归时，她神气得就像带着一大群保镖。

　　每每不再是那个唱山歌的每每了。现在，要想听她唱山歌，很难。据说她只给县里的翁书记和欧县长唱。在舞台上，她只唱新歌。即使要唱山歌，那些歌词也已经重新写过了。她说原来那些词太土，唱不出口了。

　　每每比原来更忙了。她几乎每天都有演出。几乎每星期还有一场大型歌会在等着她。那些歌厅的老板休想再得到她的赏光。县里经常开大会，几乎每次大会期间，都会安排一场演出。不用说，每每是当仁不让的主角。她把会议的气氛推向了高潮，掌声要响很久才很不甘心地凋落下来。然后是采访。县电视台的记者，很认真地叫了一声每每同志，问她这次演出的感想。有时候，县里还开展"送歌下乡"的活动。乡里便准备好花炮和彩礼隆重迎接。据说有一次，每每代表县里送歌下乡后，临走，那位乡长笑着对她说，请代问书记好！每每变了脸色。不久，那个乡长就因为贪污被撤职了。

事情是突然起变化的。事后，村里的老人们说，还是古话说得对啊，爬得越高跌得越深啊。我最讨厌大人们这副事后诸葛亮的样子。最讨厌他们拿古话来吓唬人。我不相信古话有那么厉害，但事实是它们就有那么厉害。原来，每每在县里跟人家乱睡觉。她上了一个客商的床。听人说，按道理，上上床也不要紧，本来就是要她上床的，问题是弄出感情来了，连书记和县长也不理了。那个客商，把江边的一座山买下来了（听说可以用五十年），经常把县里的领导请去喝酒跳舞。每每当然也要去。没多久，在山下发现了一具尸体，查来查去就查到了客商头上。又查到了客商送了每每一枚据说可以买下半个县城的钻戒。

客商的事情好解决，问题是，拿每每怎么办呢？她也没犯什么法。既然没犯法，就让她重新登台唱歌吧，因为紧接着县里要搞一项庆祝活动，按惯例每每又有演出任务了。书记和县长审核着节目单，忽然觉得每每不再适合出场了，因为每每已经不是那个每每了。那件事全县人民都知道了。她一出场就会引起人们不好的联想。她现在的形象和歌中所赞美的县容县貌，形成的反差太大了。

他们便拿起笔，把每每的名字划掉了。

不过他们很快发现，不让每每登台，麻烦更大了。观众比以前更想看到每每。他们高喊着每每的名字，把冒唱每每歌曲的人赶下台去。为此，县里还到我们村里找过别的女孩子试唱，但效果都不好。其他的地方更不用说了。他们也曾想过换一首歌，为此他们又把那些写歌的人召来。可新歌根本没有老歌的效果。连他们自己也觉得差太远了。写歌的人说，当初他们为每每写歌时，已经把才华用尽了。

每每在县里待不住了。她爹娘想把她接回家，可她说，她已经回不来了。一些下三烂的歌厅想请她去，她理都没理。有一个奸商想拿她做文章，打算开发我们村里的老母鸡。他散布谣言，说每每已多次堕胎，每次打了胎，就回乡下吃老母鸡，我们乡下的老母鸡很补，能让流血的女人马上止血，让走路没有力气的女人马上奔跑如飞。现在他要生产一种老母鸡保健丸，请每每做广告，开拓市场，销往全省乃至全国。每每也拒绝了。

每每经常哭泣。有人说，她的嗓子已经哭哑了，唱不了歌了。她深居简出，人们已经很难看到她了。但只要县里搞演唱会，大家就不约而同地想起了她，就大声喊她的名字。每每出来！我们想念你！类似的呼喊不绝于耳，让县里骑虎难下。没有了每每，投资的客商也越来越少，有的还要撤。书记和县长的讲话也没有了昔日的号召力，上面来视察的领导也板着脸。看来，这不是每每一个人的损失，而是全县人民的损失。与每每个人的损失相比，县里的损失显然更大。

于是不久，我们从电视里知道，那个客商送给每每的钻戒是假的，他欺骗了我们最可爱的每每。而且，正是每每及时报案，才把罪犯绳之以法没让他逃脱。原来，县里早已嗅到了对方的犯罪动向，每每自告奋勇，做了潜伏。在那些难熬的日子里，她牺牲了自己的青春和名誉，忍受着种种嘲笑和误解，以纯洁的心灵和钢铁般的意志，默默为县里的经济发展和安定团结作贡献。这种精神简直撼天地，泣鬼神！为此，县里在征得每每本人的同意后，决定公开真相，还大家一个真实的每每。

随着每每重新登台亮相，我们知道，那件不愉快的事情已经彻底过去了。掌声雷动。只是，据说她的嗓子已经真的哑了，只能象征性地在聚光灯下假唱。

白房子

自从那栋白房子在村东头耸起来，整个村子里便没了安宁。

但我们没想到，村子里第一个被送进那里的，是小慧的爸爸马松。

小慧是我们同学，马松是个建筑包工头。逢年过节，大家便看到马松到处买猪屁股送给人家。可一头猪只有一个猪屁股，这让马松很是发愁。据说有一次，他对小慧的妈妈谢美芳说，你要是有个像猪那样的屁股就好了。谢美芳当时就变了脸。有人说，他天天在城里看女人的屁股。他说城里女人的屁股就是好看，有模有样，有的像刚从云层里冲出来的太阳，有的像一艘大船，在大街上乘风破浪。他说得神乎其神，后来他居然开着小车把一个大屁股城里女人带回了家，说是他生意上的合作伙伴。大人们形容说，那女人的屁股真的像一艘大船可以乘风破浪，停泊在我们村子里很是惹眼。

这天，他在院子里停好车，刚钻出车门，就被一伙忽然从屋子里窜出来的人抓走了。我们等到一个多月后才见到他。这时他已经不像马松了。我们放了学，看到一个人站在村口手舞足蹈的，旁边许多人在看。那人胡子拉碴的，头发也很长。跑近去一看，原来是马松。奇怪的是，小慧看到她爸，反而飞快地跑掉了。我们听到马松气愤地说，哪有这样的道理，对不对？这事我跟他们没完！

原来，马松中了埋伏。谢美芳悄悄给白房子里的人打了电话，他们就过来埋伏在那里，等马松一进门，就把他逮了个正着。

第二天一早，我们又听到马松那慷慨激昂的声音。他依然站在树下，胸脯一起一伏。他把上衣解开了，露出了像管风琴一样的一根根的肋骨。

他说：你们不知道，他们哪里把我当人？进了门，就把我甩在地板上，上来五六个人，拳打脚踢。我说我没有病。他们冷笑一声说，嘿嘿，到这里来的人都这么说。我不肯吃药，他们就把我的牙齿撬开。那药很阴险，我吃了它，就真的不由自主，受它的控制了，我想动，另一个我说，算了吧，别动了，再怎么动也没用。奇怪，我一下子分成两个我了。我就停下来看着两个我互相争辩。不对，应该还有一个我，我分成了三个我。天啊，现在可好，我可以让一个我在家里陪谢美芳，让一个我陪张娜开车逛街（由此可知那个大屁股城里女人叫张娜），还有一个我谁也不管着，留着自己用。我用力拍门，说我已经好了，放我出去。他们又冲过来几个人，说嚷什么嚷。他们又把我按倒在地，翻我的眼皮，用什么撑开我的鼻孔。我说我是神经病，又不是鼻炎，你们弄我的鼻子干吗？他们互相看了一眼，说，那药效果不错，瞧，他已经承认自己是神经病了。我说，我要是不承认你们又要灌我，我哪吃得消。一个人笑了笑，没作声。我知道坏了。他们不作声我就知道他们又要搞什么名堂。所以我特别害怕他们不作声。果然，另一个医生搬了个什么东西过来，从里面拉出两根电线，摁在我太阳穴上，一通电，妈呀，我全身都控制不住像波浪似的颤抖起来。那个难受啊，像一百条小狗在咬我挠我，浑身像爬满了蚂蚁。不知过了多久，我才从地板上醒了过来。幸亏张娜救了我。她县里有熟人。一个电话，我就被放了出来。这都是谢美芳那个蠢婆娘害的我，我发誓跟她势不两立，我要跟她离婚！现在，我一点也不觉得对不起她了！刚才我已经跟她交代了，我什么也不要，只要自由！等会儿我要买些礼品，去那里看望病友，他们跟我一样，也有好多是被人强行送进去的，还有一个，不过是写了篇曝光的新闻。他们还在水深火热之中。说完，他就雄赳赳气昂昂地走了。

谁知马松又是一去没回。这回他可是自己送上门去，怪不得别人。他正在跟病友胡吹海聊，医生又把他关了起来。他大声质问医院为什么出尔反尔，医生说他的病还没好，要留下来继续治疗。这期间，村里人看见谢美芳又跑了好几次银行。村里人再一次看到马松，又是一个多月后了。他免不了站在那里又慷慨激昂了一番。不过围观的人已经没那么多了。有的人甚至还故意躲开他。大家问这次是不是又是那个大屁股女人把他救出来的，马松咚地拍了一下胸脯，说：除了她还有谁！我三生有幸，才找到这么一个红颜知己，可别人为什么要破坏呢？

与上一次相比，马松更瘦削了些。脸上手上也多了或深或浅的伤痕。不过他的眼睛大大地露了出来，显得更亮更湿润了。刚一看，会吓人一跳。他说这次他决不心慈手软，要坚决跟谢美芳离婚。为了达到这一目的，他收拾了几件换洗的衣服，住到城里的宾馆里去了。他说，现在，他不怕谢美芳叫精神病院的医生来抓他了。宾馆里有保安，他说。

我听见大人们在说：马松到底有没有神经病呢？有时候像没有，有时候又像有。另一个人说：说你有就有，你越说没有就越有。如果有一天你家里也把你送了进去，你怎么办？瞎说，我家里跟我关系好得很。嘿，谁说得清楚，我昨晚做了个梦，梦见我家里那位把我送进那里去了，我大喊大叫醒过来，她问我怎么回事，我没理她。

不知从什么时候起，大人们互相打量的目光有些鬼鬼祟祟起来。大概他们是在互相怀疑对方是不是得了神经病吧。可神经病究竟是什么样的，他们并不清楚。他们曾经悄悄跑到医院门口扒在什么地方往里看，发现里面的神经病一个个都穿得干干净净，斯斯文文的。有的在下棋有的在聊天有的还戴着眼镜在看书。只有极个别的家伙在那里自言自语或跳舞。

大家吃不好饭睡不好觉。开始烦躁不安。我们听到大人们在厮打，哪怕是晚上，我们也经常被惊醒。那刺耳的声音让我们想起插在围墙上的碎玻璃。一方在吼叫一方在哭泣。你有病！他们互相指责，又被这指责吓得同时发抖。吵到激烈的时候，他们便互相威胁，要把对方送进那栋白房子里去。有几次，有人还真的拿起了电话，不过对方飞快地夺了过来，甚至扯掉了电话线。已经没人去关心马松家的事了。看到他过来，大家纷纷避开。大人也叮嘱我离马小慧远一点。

靠近白房子的几户人家开始要求搬迁了。那里原先还有两家小店，有一天，我们去那里玩，发现不知什么时候已经关门了。他们要村里重新给他们划地皮做房子。可我们村的地皮已经越来越值钱了，搬迁并不是那么容易的事。听说那几户人家比赛着在暗地里给负责这件事的村干部送礼。可即使这样，新地基还是没有批下来。后来，他们就完全失去信心了。白天，他们还敢开一下门窗通通风，到了晚上，就把门窗关得紧紧的。其他人家也不知不觉把门窗关紧了。

村里的有志之士指出，这样下去不是个办法。他们包括一个赤脚医生，一个开录像厅的小老板，一个在镇工厂上班的会计，一个开推土车的司机。后来他们又拉拢了一个在城里给人家搞装修的水电工。既然搬迁没有希望，那就让他妈的白房子滚蛋吧。他们经常在一起密谋。有的说要想办法剪断那里的电线，堵塞他们的水管。有的说要推倒那里的院墙，把所有的病人都解放出来。在用到解放这个词的时候，他们颇为激动。有的说不如挖个地道，冲进去把医生全部赶走。不过这个办法没有得到响应，因为铁打的营盘流水的兵，医生跑了一批又会来一批，一个什么倒下去千万个什么站起来，不能从根本上解决问题。他们商量得热火朝天，对我们小孩子也不避讳，大概认为我们小孩子什么也不懂吧。后来他们认为最有价值的一个建议是，大家从地道里进去，把白衣服偷来穿在自己身上，然后把医生和护士关进病房，由我们村里人控制这所医院，那就高枕无忧了。

此计一出，大家连连称妙。

就在大家还沉浸在种种美好设想中的时候，有一天晚上，马松回了家。他给医院打了个电话。不一会儿，一辆车开了过来，几个白大褂把马小慧的妈妈谢美芳拽上了车。

公交 121

　　我要是疯子，世上就没好人了。

　　幺二幺，什么幺二幺，还不如叫一二一。一二一，学校的体育老师总是这么叫的。如果学生不遵守纪律，他就把他们拉到操场上去喊一二一，奇怪，他一喊一二一，学生就整齐起来了。

　　这个车，是有点破了。有时候我想，为什么该我开这辆车？

　　后来我想明白了，领导为什么让我开这辆破车，因为我不怕脏不怕累。而我也确实跟它较上了劲。有时候它不听话了，我揍它几下踢它几脚它又听话了。有一次，它在大桥上忽然卡了壳，前不着村后不着店的，要是别的司机早打电话给调度室了，可我没有。我像条泥鳅往车底下一钻，鼓捣了好半天，等我灰头土脸两手油污地爬出来，它又可以动了。为此我还受到了公司的表扬。

　　有一个叫 B 城的地方，因为下大雪公交车全部停运，导致的士涨价五十倍。更惨的是，很多人根本打不到车，只有走路上班和回家。因此，很多单位也跟着瘫痪。这说明我们的工作的确是非常重要的。B 城为什么会出现那样的情况呢？因为它的公交公司全部是私营的。在我们这里，就不可能出现这样的情况了，哪怕领导叫我们把车往河里开，我们也不敢说半个不字。在我把第一辆破车开得完全报废了之后，本来是有机会开一辆新车的，但当时公司正开完一个会，大家都在抢着开破车，我不抢说不过去，何况我还有一定的优势，果然，领导说，既然我抢了，别人就不要抢了，因为我有经验，经验就是优势。于是我继续开破车。

　　虽然这样，我还是羡慕别人开好车。领导以为我不羡慕，那是错误的。谁都知道，车好，就是手艺差点或在路上打点瞌睡也没关系。车不好，手艺再好也容易出问题。还有一样东西也不能忽视，那就是司机的人品和人格。这就要求我极端负责任，极端大公无私，极端鞠躬尽瘁。等等这些，都可以弥补一辆公交车的漏洞。公司领导说，这叫软实力。搞好事业或一个企业，要软硬兼施。有一段时间，我一直弄不清我们单位的性质到底是事业单位还是企业。说是事业单位吧，领导又要求我们创收。有一次，一个老年人忘了带老年证，我只好要他买票，他不乐意，把硬币随便一扔，没扔进投币口，他不肯捡，我也不敢捡，如果我捡了，就中了老人的计，他或者其他乘客就会打电话举报我。我儿子还正在发育呢，我出了事，谁管他吃饭成长，对吧？说是企业，领导又经常要我们学习文件，写感想心得。

现在路上车辆越来越多（尤其是私家车），路况越来越复杂，报纸上几乎每天都有关于车祸的新闻。有人说我这辆车不好，又大又旧，玻璃窗几乎都打不开，车内不通风，可现在这么冷，要开窗干什么？如果下雨怎么办？如果有人把头手伸出窗外怎么办？其实这是一种安全保护措施。人民群众的生命和财产安全第一。他们的车才不好呢，一个急刹车，也会有人被抛出窗外。至于有人跳车和歹徒从窗子里爬进去行凶抢劫那更是经常的事。当然，那些车基本上都是私人老板的。谁都可以当司机，那不乱了套吗？谁都来抢方向盘，最终的结果只能是把车开到河里去或制造更大的交通事故。所以，方向盘要牢牢掌握在一个人手中才让人放心。

领导说我这车是在最好的年代里由最好的厂家生产的。它的工作年限已经创造了世界纪录。有人反映车窗玻璃关的太死，同志们，这可是为了你们着想，如果不把它关紧，有人往下跳怎么办？你说什么？为什么有人要往下跳？我怎么知道？他硬要生在福中不知福，我有什么办法？大概有的人想追求轰动效应吧。现在，有的人就喜欢搞这样的名堂，包工头不给钱，他要跳楼，房子被拆了，他也要跳楼。你说，他要跳就跳好了，干吗要把记者招惹过来？你以为他们真的给你说话啊，跟你说，记者每次来我们公司，没万把块钱打发不了。车上的报纸都是哪来的？

全是摊派来的。前段时间，有个司机把车开到河里去了。还有一个司机，开车的时候睡着了。幸亏窗子关上了，车子被吊上来的时候，车上的人全在，无一人失踪，节约了多少打捞成本。不比煤矿塌方烟花厂爆炸，从始发站到终点站，全程也就一个多小时，这么一点时间也忍受不了？为什么我能忍受你们就不能忍受？这真是生于忧患死于安乐啊。

时间长了，我发现自己越来越喜欢这种工作。现在，恶意攻击我们的人越来越多了，他们不但自己攻击，还煽动别人攻击。不能否认，有的同事素质很差。有的同行也是如此。所以大街上抓拍的摄像头越来越多。咔嚓，咔嚓。那个声音听得真过瘾。当然，那是别人闯红灯的时候。我是不会闯的。真感谢发明了摄像头的人，它使得我们的生活井井有条。一想到什么地方都有一双金属或玻璃眼睛在保护我们，我就放心了。听说有的地方还建议在官员家里安装摄像头，把他们的一举一动都监视起来，哎呀，那太好了。我甚至希望每个人家里都装上它，那样，谁来我们家里抢劫，我就不用反抗了。那样，我在工作时也很放心，不用担心老婆搞不正当的男女关系。她说我每天起得太早，回家又太晚，她耐不住寂寞，裤带就系不紧了。

都说红颜祸水，美色误国，这句话我是常记在心里的。刚跟我那会儿，她向我撒娇，每当我跟她讲女人误国的道理时，她不但不好好听，反而骑在我双腿上，说：老公，你也让我误一误国嘛！气得我一下把她推了下去。她虽然误不了国，但误家是绰绰有余的。她不但误我们一家，还会误别人的家。好几次我梦见她提着裤腰从别人家慌慌张张出来，一条狗跟在她后面叫。今天一早，我们又吵了一架。昨晚回去时，她硬要我做那件事。我说很累。现在我对女人没有兴趣了。在车上，再好的女人我看了也无动于衷。四点钟，我起来上班，她的手忽然伸了过来，原来她一直没睡着。她说：你不给我，我就不让你上班。我一边挣扎，一边暗暗使劲。如果有反应，我也就挤时间跟她做了，问题是，无论我怎么使劲，下面还是没一点反应。我抓起衣服想夺门而出，她仍揪着我，我们就打起来了。这样，我上班就差点迟到了。你们看，她现在不但误家，也要误国了。

是啊，谁还有我辛苦呢，这辆车，什么都要我操心。我日理万机。等等，门又开了。这个门，最近不知出了什么问题，老是自己开。难道什么地方的螺丝松了？我每天都要检查的啊。跟你们说，这个门，是不能乱开的。看我的，怎么样，好了吧，这点事情难不倒我。不能否认，有时候真的有人从这里漏下去了，但那完全是意外事件。如果一个人想自杀，我们有什么办法？

　　喂？哪位？哦，知道啦，你这个家伙，好啦，我在开车。什么？你快点说。保险？我没买保险，我不相信那个东西。车上了保险就行了。那样，整个就乱套了。这就叫牵一发而动全身。对，一个萝卜一个坑。你也想报名？那就报吧，反正每次招工，报我们公司的人特别多。好啊，就这样吧，我挂机了。

　　门怎么又开了？看来它真的是出毛病了。我早就跟公司反映了，领导答应派人来，可等了半个月，也没见到个人毛。来，我干脆下去一下，有个老人要过马路……人真多，总算把老人牵过马路了。他问我叫什么名字，我说我没有名字。他笑了，说你怎么没有名字呢，我知道，你的名字叫无名英雄。我说我无名，但不是英雄，他说你是，一定是，只有是英雄的人，才说自己不是英雄。我对老人说，现在到处都是英雄。趁着老人站在那里颤巍巍地感动着，我赶紧跑回来了。现在的社会风气，一点都不好。小偷、小姐什么的，到处都是。这样下去，怎么得了？我怀念没有小偷的年代。什么？我这是多管闲事？尊老爱幼，是每一个人应尽的义务，既然是每一个人的，为什么不是我的？对不对？

　　你们干吗往下跳？天啊，窗子都被你们打开了，你们这伙该死的刁民！回来，回来！跟你们说，那样很危险！

 # 食 客

我是个摆摊的。每天，我把帽檐扯得低低的，蹲在那里，打量着过往的行人。这是我们县城闹市区的一条街道。每天上午十一点以后，它就渐渐喧闹起来。各个机关单位里的人慢慢踱到这里来，到饭店或酒楼找包厢坐下。他们夹着公文包，拿着手机打电话，口里说着一些数量词和方位名词。不一会儿，各个临窗的包厢都已经坐满了人，空调开始往下滴水。油烟滚烫的声音使得空气微微颤动。曾经有一个上面的领导下来检查工作，刚拿起筷子，忽然叹息了一声，说：要是有蛇肉就好了。时值寒冬腊月，蛇都冬眠了，但我们县的领导足智多谋，结果第二顿饭开席时，便端上了冬眠的蛇肉。

见时间差不多了，我便把摊子交给老婆照看，一溜烟跑回家，洗了把脸换了身像样点的衣服。我的衣服口袋里还备有几只不同型号的酒杯。我朝老婆眨了眨眼睛，仿佛对她说，现在，该我上场了。

我掏出酒杯，推开包厢的门，里面的人马上给我斟满了酒。真是好酒啊，一股浓香直扑我鼻孔。我说：我敬大家一杯。他们说客气了客气了。我与他们碰杯然后一饮而尽。接着我推开了另一个包厢的门。他们很客气，不但给我斟了酒，还叫服务员拿来碗碟叫我坐下。他们说：那边你就别去了，先吃点东西再喝。真是好人。我跟他们一起喝酒，吃菜，聊天。我和他们好像天生就熟。我暗暗吃惊，对自己说老兄你行啊，没想到你也是个搞行政的料！酒酣耳热时，我没忘了对服务员说，准备一份盒饭。自然没人问我是带给谁。因为他们中间也有人另要了盒饭。

葵花笑

　　刚开始，我把盒饭带给老婆，她还紧张地问：能吃吗？我说：不能吃我带给你干吗？她还是不敢吃。我说：你打开来看一下。她说：真香。她狼吞虎咽起来，很快就把饭菜一扫而光。我看了不禁心酸。她喜欢吃饭店里的菜。我们结婚这么多年，她最大的理想就是，什么时候，一家人到一家大饭店里乱乱吃一通。但每当我们痛下决心准备实现这一理想时，她又临阵脱逃了。现在，我带来的盒饭让她多少尝到了理想的滋味。她舔了舔舌头，问我：你害怕吗？她又说：你脸红了没？我说：我做好事的时候才脸红，比如在车上给人让座，我一站起来，大家都盯着我，我的脸就刷地红了，而做坏事，我是从来不脸红的。她听了咯咯笑起来，说：现在好了，我天天可以吃上饭店里的饭了！

　　此后，我就基本上天天到饭店或酒楼里去混酒喝，并且还带一个盒饭回来给老婆。没有人知道我的真实身份。我很奇怪，我摆的地摊和那些饭店仅一步之遥，他们进去之前，大多要从我面前经过。而我清楚地知道他们每个人的名字和职务，因为他们一边前呼后拥一个人叫他×局长，一边又私下里直呼其名。这样，我就能在跟他们喝酒时毫不费力地准确地称呼他们。我甚至比他们自己更了解他们呢。我今天在这家酒店，明天在那家酒店。各家酒店的老板和服务员都认识打着领带的我。不知从什么时候起，打领带在我们小城十分流行，人们判断一个人的身份的常用标准，就是看他打没打领带，打什么样的领带。一个人再穷，也不能穷了领带。它就像我们县城的街心花园，虽然我们是全省最穷的县，可街心花园在全省是最好的，听说每年光维修费就不下百万。

　　在包厢里，我被他们介绍成各种身份的人。有的说我是全县有名的企业家，有的说我是局的当权派，有的说我是县委书记的红人，有的说我是银行的信贷科科长。不管他们怎么介绍，我都微笑点头。其实我早已发现，他们这样或那样介绍我，无非是为了往他们自己脸上贴金。这是微妙的心理学，很多人不懂。

　　有一段时间，县里新上任的纪委书记要砸我的饭碗。他多次在常委会上提出，一定要狠刹吃喝风。每天他都带着秘书到各家酒店去检查。一时间，风声鹤唳。在那段不堪回首的日子里，我只得坐在那里乖乖摆

145

我的摊，饿了就打发老婆回家煮面条吃。看着那些迎宾小姐站在那里一脸晦气，小嘴嘬得老高，旗袍的两衩像受伤的鸟翅一样无力地垂下来，我想，这不会长久的。果然，没多久就听说各界人士都到县委书记那儿去告纪委书记的状。有的还告到市里和省里去了。各级领导都很重视这件事。任何阻挡经济发展的行为都是犯罪。不久，纪委书记就被调到政协去了。

一场虚惊，大家重新开怀畅饮。整个县城像是在过节。家家酒店爆满。我老婆也露出了久违的笑容。那天，我几乎喝醉了。我和他们久别重逢，热烈拥抱。还有几个人搂着服务员跳起舞来。服务员也积极配合，仿佛这段时间，她们腰上长出了荒草，正需要有人帮她们锄锄。各家商场和其他消遣场所又开始热闹了，县城的经济在短暂的冷清之后又"报复性"地恢复了繁荣（县电视台是这么说的）。

有一次，我还碰到了我以前的厂长。他现在是一家私营企业的老板了。看到他，我吃了一惊，转身想逃。但他用老虎钳般的大手一把抓住我。我眼前一暗，心想完了。好半天，我睁开眼睛，看到他为我斟满了美酒，并把它举到了我面前。他说，王秘书，来干一杯！原来他已经不认识我了，把我当成了不知是哪一个机关的王秘书。干杯后，他继续抓着我的手不放，说：王秘书，那件事就拜托你了！

回来后，我照了照镜子，问我老婆：我是不是不像我了？老婆看了看我，忽然说：真的哩，你以前是单下巴，现在是双下巴，看上去像个坐机关的人了。我也回过头来仔细看了看她，发现她也有了变化。那些盒饭把她养得白白胖胖的，脸像水蜜桃，皮肤像冻猪油。没想到，我在吃着它们的同时，它们也在"吃"着我！我吓出了一身冷汗。我想，这样下去，我和老婆大概都要脑满肠肥，成为废物了！

不行，我必须向他们说明真相。不然，遭到嘲笑的将不是他们而是我。第二天，我扯掉了领带，换上坐地摊时的衣服。为了让他们看得更清楚些，我没戴帽子。将近中午，夹着公文包、拿着手机打电话的人又多起来了。他们走过我地摊的时候，我就叫他们的职务和名字。他们愣了一下，看看前面又看了看后面，就是没有正眼看我。我说：是我，昨天我们还在一起喝酒。他们终于想起什么来了，吃惊地问：怎么是你？你在这儿干什么？我老老实实说道：我本来就是干这个的，经常看到你们在酒店里吃喝，一到中午，各家酒店都忙得不可开交，有一天，我忽然想玩个恶作剧，心想，假如到里面去跟你们喝酒，不知你们是否认得出来。我被这个念头怂恿着，折磨着。你们果然没看出来。你们赋予我各种高贵的身份。后来，你们不但跟我互相敬酒，还塞给我红包，各种礼品。现在，我累了，觉得没意思了，不想再玩这个游戏了，要把真相告诉你们了！

他们奇怪地看了我一眼，拨开我，说：你开什么玩笑。

我说：是真的，我不是开玩笑。

他们互相交换了一下眼色，说：这人是不是有毛病？

第二天，我又拦住了他们，把我的故事又讲了一遍。

终于有一天，他们不耐烦了，打电话叫来了警察。我被拘留了。原因是，我妨碍了公共秩序。

蚂 蚁

　　这天，我正在值班，一个人贴着门沿溜了进来，说他要报案。

　　从他时高时低的叙说里，我知道了事情的大致经过。他叫徐大林，住本市路。她女儿徐海鸥在市内一家有名的宾馆做服务员。一天，她女儿从宾馆六楼一间套房的窗户里掉了下来，砸在楼下一家商店的房顶上，被人发现时，已经断了气。

　　我觉得这事很耳熟。我忽然记了起来。几天前，市内的一家报纸已经报道过这件事。听说女孩只穿着内衣，几乎是裸体。从楼上摔下来，刚好摔在一个什么夹缝里，消防队员费了好大的劲才把她的尸体弄出来。那是一家四星级宾馆，去年一个著名的香港歌星来开演唱会时，就是住在那里的。不过女孩究竟是他杀，还是自杀，报纸并未说明，只说警方正在调查之中。

　　我说：这件事我早已知道了，不是说警方已介入调查吗？因为那个地段不归我们管，你有什么情况，可随时向辖区内的派出所反映。

　　他说：我对那里的派出所不信任。他们的一个所长，曾经一枪打死了他的情敌。后来换了一个所长，也不是什么好东西，贪污了很多钱，把女儿送到国外去读书，谁知前不久她女儿被人家外国人杀掉了，哈哈，活该！

　　我说：我是外地人，刚来，这些事，我倒没听说过。

　　他说：你当然不知道了，那个派出所，闹了很多笑话。有个路段老是发生抢劫，你猜他们怎么办？他们居然在路边竖了块牌子，上面写着：本路段属抢劫高发地段，望市民晚上八点后尽量减少或不要出行。派出所宣。

模模糊糊的，我记得好像是有过这么一回事，但具体发生在哪里我已经忘了。我搔搔头皮。见我窘迫，他竟高兴地笑了起来。我想这哪像是来报案的，但我马上似乎明白过来，忙离他远了一点。我差点忘了同事的叮嘱，受害者家属的这种笑是很可怕的，说不定他会忽然向我攻击或做出其他破坏性的举动。我的手下意识地按住桌上的电话。

他仿佛看出我要干什么，忙一个劲地摆手，似乎是叫我不要紧张。他低下头来，一副泄了气的样子。这时我才注意到他还背着一只类似于中学生用的帆布背包。见我打量它，他忙把它移到胸前，生怕被我抢去似的。他说：我已经做好了上访的准备，如果你这个民警不帮我处理好，我就要去上访。

我说：既然你女儿的事情已经立了案，相信不久，会真相大白的，你别急。

对像他这样受了打击和刺激的人，我只能安抚了。

他说：我不要他们立案，我要到你这儿来重新立过。

我说：我们是一个系统的，没必要那边立了，这边又立。

他说：我不管。他的眼睛忽然潮湿起来。他说：你不知道我女儿多漂亮，走在街上，很多人要回头看。知道我为什么给女儿取这个名字吗？因为我希望她像海鸥一样，有朝气，有理想，飞过太平洋。谁知女儿不争气，从小就好吃懒做，爱穿衣打扮，读初中时就跟同学谈恋爱，被我捉住痛打了一顿。她没考上高中，自然也就没机会上大学，送她出国的想法完全成了泡影。我只好把理想放低，希望她找份好工作，再找个好丈夫。我送她去学手艺，谁知她学了好几样，都没有学成。我问她到底想干什么，她说，一家四星级宾馆正在招工，她已经报了名。我一听，很生气，说，那里有什么好，你没看报纸和电视里说，很多乱七八糟的事情都是在那里发生的。女儿振振有词地说，为什么不让她去，在宾馆做服务员，可以天天穿旗袍，住洋房，虽然那洋房不是自己的，但这又有什么区别呢？她居然说出这种没出息的话来。我对老婆说，我不管了。老婆说，她也不管。女儿就高高兴兴到宾馆上班去了。说是不管，我一天还是要偷偷去宾馆看她好几次。她在，我就放心；她不在，我就心发慌，脚也软了。我满脑子胡思乱想。

我说：你女儿在出事前是否跟你透露过什么？

他说：她哪会跟我讲呢，她是个贱骨头，看到有钱的男人就兴奋得眼冒绿光。自从她去了宾馆，我就常坐在电话旁边发呆，好像在等着那个灾难性时刻的来临。所以当电话铃烦躁地响起来时，我赶紧拿起来，扔下话筒大叫一声就往外跑。

我说：你见到女儿时，她还活着么？

他说：她要是活着就好了，她早已断了气。我把她抱在怀里。你说，大白天的，她为什么没穿衣服？难道她们在宾馆里上班都不穿衣服？忽然，我大叫起来，如果她是活着摔下楼的，那她身上一定有伤口，可我女儿身上没有伤痕，地上也没有半点血迹！

我说：你可以要求尸检啊。

他说：对啊，我也是这么想的，我要求公安部门保存我女儿的遗体，可忽然，来了一辆警车，跳下好几个警察，强行把我女儿拉到火葬场去火化了。

我说：那怎么行，这不更说明你女儿的死有疑问吗？

他说：是啊是啊，要是警察都像你这样就好了。昨天，一个警察通知我，说我女儿是自杀的。我说我女儿不会自杀，她没有想不开的事，每天都像个贱骨头一样高兴。他说，你看到的是表象，其实，根据宾馆其他服务员的反映，你女儿有严重的抑郁症。我冷冷地说，我就知道是这个结果。

我说：你女儿真的有精神病吗？

他瞪了我一眼，说：你也这么认为吗？哈哈，我真糊涂，你们本来就是一家人嘛，你当然帮他们说话了。

我说：你误会了，我这不是在问你吗？

他说：如果这个结论成立，那我女儿算是白死了，被人害死了不算，还要背上一个神经病的坏名声。这一招真毒啊，如果我坚持这么告状、上访，有一天他们肯定也会以这个名义把我抓起来的。总之，一句话：

他是神经病！就把什么都打发了。即使我没有神经病，迟早也会被折磨成神经病的，那他们的目的就达到了，所以我经常对自己说，千万不要让自己变成神经病。我要始终保持清醒的头脑。我女儿肯定不是死于某一个人。她个子那么高。有一次我跟她掰手腕，都没掰赢。现在我后悔没让她去搞体育，说不定还能拿个奥运冠军什么的为国争光……真的，如果是一个人，是对付不了我女儿的！

我说：这不更说明了你女儿不是被他们推下来的而是自杀的吗？

什么？他气愤地说，你也跟他们讲一样的话！知道我为什么来找你吗？因为你看上去跟他们有点不一样，你爱看书，还戴着眼镜。我在外面观察了好久才进来。我还知道你中午在哪里吃盒饭，在哪里买香烟，开店的还故意少收了你两块钱对吧？

我有些毛骨悚然。没想到我的一举一动已经被人监视了。我怀疑他的包里有监视器之类的东西。我盯着他的背包。

他笑了，说：你真是个胆小的家伙，你以为我包里有炸药吗？告诉你，现在国家对炸药管得这么紧，我到哪里去弄炸药？当然，任何事情都是相对的，如果我真的想弄，不管管得多么紧，我也能把炸药弄来，你信不信？秦始皇把天下的兵器都收缴了，化成了水，也没让他的江山超过三代。可我不想那么干。我不相信炸药能解决什么问题。

他有些诡异地朝我笑了笑，当着我的面把布包打开。他说：你不是要证据吗，你看，这些全是。现在，你可以帮我立案了，因为我刚从报上看到，市里主管政法的领导到外国出差不肯回来了，原来他早已把老婆和儿子弄了过去，他带了一大笔公款跟妻儿们团聚去了。虽然市里又派了几个人去劝他回来，他当然不会回来，回来才是傻瓜。他一走，我的案子就可以公布真相了，对吧？

我一看，他包里全是剪报。它们大小不一，形状各异，那些字像蚂蚁一样乱爬着。他包里全是蚂蚁。我正在惊讶，从门外忽然闯进一个什么人来，说：爸，我总算找到你了，你怎么又跑出来了。说着，朝我抱歉地笑笑。是个二十岁左右的女孩子，穿着蓝和白的某宾馆的制服。她过来拉住他的手，帮他把那些蚂蚁全塞进包里去，说：爸，我今天换班了，我们回家吧。他嘟嘟哝哝说道：回家就回家。他们转过身去，没再看我一眼。我忽然叫了一声：徐海鸥！女孩子回过头来，朝我点点头。这时我看清了她制服上印着的那家宾馆的名字。它就在前面，离我们单位不远。

警　服

大学毕业后，他报考了南方这座城市的公务员。他本来想报法院的职位，但估计那里太热门，就放弃了。听说公安职位的录取比例比较大，他便报了名。在他看来，当个民警也不错。自从他当上了民警，父母在遥远的老家也不再受人欺负了。

他是个爱整洁的人。出门前，总要照照镜子。他口袋里还有一把折叠式的塑料梳子。没事时，他就拿出来梳梳头。它还是他跟所长出差时，在宾馆里带回来的。宾馆很高级。所长住单间，他和一个同事住双人间。他喜欢跟所长出差。不但吃得好，睡得好，还有很高的补助。目前他还住在租来的房子里，单位上每月发给他一定补贴。本来他都准备买房子了，但最近房价不稳定，他也不敢轻举妄动。

已经有人给他介绍女朋友了，她们有的是护士，有的是邮局的工作人员，还有一个是交警，但他一听是当地人，就婉言谢绝了。他听说，当地的女人都很厉害，像他这种没什么心眼的北方人，肯定吃不消。

一次，一所小学搞一个大规模的活动，想请两个民警过去帮忙维持秩序，所长把他也安排去了。小学的漂亮女老师真多。当时有件什么事，她们围着他叽叽喳喳的，他很高兴，希望她们多把他包围一会儿。但事情处理好以后，她们从他面前过，头都没转一下，好像根本不认识他。这时他才明白，在她们眼里，他根本算不了什么。

他虽是北方人，可个子并不高，这说明，北方也不完全是玉米和高粱，也有大米。现在他惊喜地发现，他一穿上警服，情况就完全不同了：他的鼻梁立时高了起来，眼睛炯炯有神，身体也有了劲道。无论天气多热，事情多忙，他都把警服穿得整整齐齐。他讨厌那些把警服穿得松松垮垮吊儿郎当的同行，看上去像电影里的坏警察。为此房东还送了一只电熨斗给他。房东说：因为你，我的房子很好租出去，住户也感到很安全。晚上睡觉前，他习惯把警服用衣架小心地晾挂起来。这衣架是他特意从超市里买来的。有时候，他设想着自己穿上警服去和未来的女朋友约会。只是有一个问题，如果把对方带到房间里来，他是该脱去外面的警服还是不脱呢？

有一件事，他不好意思也不可能跟别人讲。他第一次做的那样的梦，竟然跟一次行动有关。他们闯进一家酒吧，在包厢里，同事拿强光手电筒照射，他却一下子傻在那里。他看到了一个女孩的裸体。他眼前似乎一片漆黑，好久才明白过来他该干什么。后来那个抱紧的裸体一直在他眼前晃动。他做了一个梦，他成了那个嫖客，同事们抓住了他，他无处可逃。

这个梦让他羞惭无比。

他的样子果然遭到了同事们的嘲笑。因为有几次，他居然把她们肩头滑落的衣服捡了起来披在对方身上。他不敢直视她们。那些女孩倒无所谓，看上去做坏事的倒像是他了。如果让他去审问她们，他肯定什么也问不出来。他怕她们会说，难道你忘了你在梦里是怎么干的吗？他的表现一度让所长很不满意，同事也不愿意跟他搭档。后来他在执行类似任务时那么凶，完全是做给别人看的，或者说，是他和自己作斗争的结果。他知道，他应该凶一点。他凶，没人说他错。

他曾经路过一个社区，忽然听人喊，抓小偷！抓小偷！只见一个家伙抓着一只包慌慌张张跑过。他在后面追。在他快要抓着小偷的时候，那个家伙忽然回过头，拿着什么向他用力刺来。是一把刀。末了，小偷被抓住了，他也受了伤。手上、胸前都有伤口。头一回看到自己出了那么多的血，他差点哭出来。他惊讶于自己体内竟然有那么多血，他都怀疑自己的血已经流完了。领导和同事们都来医院看望了他，病床边摆满了鲜花。市电视台和报社的记者接到电话，也像蜜蜂一样绕着他嗡嗡飞舞。看到报纸上自己的照片和事迹，他觉得那个人好陌生。他问护士：

那是我吗？护士说：不是你是谁啊，我们的大英雄。护士的眼睛里满是敬佩。他想，如果这时他握住护士的手，大概她是不会挣扎的。因为他的手已经不是他个人的手，而是有代表性的手了。他真的把手伸了出去。不过他最终只是抓住了床沿。他对护士小姐说：你的针打得真好，一点都不疼。

那天，他值晚班。夜深了，他听到外面一阵沙沙声。他把头伸到外面去看了一下，并没发现什么。但他刚坐下，沙沙声又响了起来。他忽然拉开门，冲到院子里，见角落里蹲着一个人。他用电光一照，问是谁，只见一个女孩子瑟瑟发抖地站了起来。他问她什么事，她说没有。天比较冷，女孩子穿得单薄，他说已经很晚了，没事早点回家，女孩子嗯了一声，脚仍待在原地没有动弹。他有些奇怪，说，怎么还不回去？女孩子说，她在家里睡不着。他吓了一跳，说你要干什么，女孩子说，她要在派出所门口才能睡得着，她说，她已有好几天没睡着了。他问她是哪里人，家里电话是多少。她说我知道你要干什么，可我不想家里人来烦我，把我领回去。她在家里只会做噩梦。他问她为什么会这样，她说在家里怕，怕坏人冲进来抢东西，打人，杀人，刚才，她一靠在派出所的墙上，就睡着了。他说：外面冷，那你先到里面来休息一会儿。女孩子很高兴，说，她要是天天能在这里睡觉就好了。他想这个女孩子肯定是受过什么刺激。他一边跟她聊天，一边还是打听到了她家里的电话。看号码，应该在西城区。他悄悄打了过去。女孩的父母也正在焦急地找她，说她每天晚上都要从家里逃出去，跑到派出所去过夜，附近的几家派出所都被她弄烦了。他们也带她去看过医生，但医生也说不出个所以然，吃药也毫无效果。等女孩的父母赶来时，女孩已经伏在桌上睡着了。她有错牙的毛病，他开头听到的沙沙的声音，不知是不是她的错牙声。看她睡得那么香甜，他和她父母都不忍心叫醒她。他们说，回去只有强迫她吃安眠药。刚才怕她受凉，他把自己的警服脱了下来披在她身上。她妈妈刚把警服拿下来，她就醒了。他似乎受了启发，把女孩的爸爸拉到旁边说了点什么，对方连连点头。女孩怎么也不肯回去，这时他就走过去把警服重新披在她肩上，说：小李，你先跟父母回去，天冷，我这衣服先借给你。女孩又坚持了一会儿,才答应下来。第二天女孩的爸爸送衣服来时显得很高兴,说昨晚把他的警服盖在女儿的被子上,女儿睡得很香,根本不用吃安眠药。现在把衣服还给了他,不禁又发起愁来,今天晚上怎么办呢?他说:要不我请示一下所长,看能不能送给你女儿一件警服。所长说:按道理,警服是不能乱送的,不过这件事比较特殊,你就写个申请来吧。奇怪,女孩后来再没犯病。为此所长还跟他开玩笑说:要是那个女孩子又犯了病,你干脆把她娶来做老婆得了。

不知从什么时候起,他发现,有时他穿着制服走在街上,人们投射过来的目光有些不对头。不过哪儿不对劲他也说不清楚。一次,一个城管队员把一个小贩打伤了,他和同事接到报警后赶了过去。本来他们是去处理事情的,结果小贩的家属把他们当成了城管一伙的,对他们怒目而视。小贩是个六十多岁的农妇,躺在地上呻吟。菜担子也被踩扁了。被打的还有一个路过的姓丁的记者。

所以要说事情没一点苗头是不对的。实际上,他在事发的头天晚上,还上网看了一会儿新闻,看到了一起刚发生的袭警案,只是未引起他的重视。对此他已经见怪不怪,但谁会想到有一天会发生在自己身上呢。第二天早上,他还做了个好梦,然后起来漱口洗脸,下楼随便吃了点东西,骑车去单位上班。经过所长办公室的时候,他看到里面有个人在往所长面前递着什么。他觉得那人有些眼熟,像附近一个娱乐城的老板。他掏钥匙开了办公室的门,准备像往常那样烧壶开水,忽然听到外面一阵喧响。他刚回转身想去看看,一个人影已经窜到他面前,照着他胸部就是一刀。他感觉那刀尖不偏不倚,像一条虫子挤了进去,咬在前不久小偷留给他的那道疤上。

偿　债

佳慧听到一声异常尖锐的刹车声在村道上响起。

她心跳加速。她听出来车是男人德贵的。

她在围裙上揩揩手，慌慌张张跑出门。

她远远看到他们家的车撞到了墙上，男人像个可怜虫似的抱着脑袋蹲在那里。她心里安稳了些，但马上意识到，可能更严重的事情已经发生了。

国权的女儿小青被压死了。

男人被交警带走了。什么都不用说，该坐牢就坐牢，该赔钱就赔钱。男人在拘留所。她把该送的东西都送进去了，说：世上没有后悔药吃，外面的事我会尽量处理好。

国权只有小青这么一个独生女儿。她去他们家的时候，国权和他老婆莲芝已经哭得没有声音了，只有肩膀在抖。现在，小青在条台上的相框里望着她。她不禁也哭了起来。其实两家以前关系一直很好。有什么好吃的，互相通个有无。小青也经常到她家里来玩。她把条台上的小青贴在自己胸口上，说：小青啊，我们对不住你！下辈子我变牛变马还你。

她说：国权哥，莲芝姐，马上过年了，你们还是想开一点，有什么办法呢，唉，我也不晓得说什么好了。

他们呆呆地望着她，好像不明白她在说什么。

她说：我晓得，你们恨德贵，恨我，如果我是你们，也是一样的。

他们把头转过去，不理她。不过这也很正常，难道还要他们把她当亲人当救星一样看待么？

157

她结结巴巴的，不知道再说些什么好。安慰别人并不是一件容易的事，何况现在还跟自己有关，她就更不知道怎么安慰他们了。有一次，她在路上碰到了以前的一个老师，听说他女儿在爆竹厂被炸死了，看到老师，她一下子不知道说什么好。她觉得自己的话一点力量都没有。再说，事情刚过去不久，如果老师在尽力忘记这件事，那她不又把它提起来了吗？可装作不知道肯定也不行。结果，她只是对老师笑笑。等老师走过去了，她才大吃一惊，心想怎么能对老师笑呢？这件事折磨了她好久。

除夕夜，她又去了莲芝家里。他们家冷锅冷灶。她想给他们做年夜饭。她打两桶井水把锅碗都洗干净了，又烧了一壶热水，用来发干菜。要用点烧酒，她到条台上找，发现在小青的相框旁边。她迟疑了一下，还是伸出了手，谁知身后忽然响起一身怒喝：你给我放下！

莲芝也说话了。她说：求求你，你走吧。

她已经差不多两天没听到莲芝说话了。还好，她听得出来还是莲芝的声音。她有些惊喜地上前两步，抓住莲芝的手，说：莲芝姐，我跟你们一块过年吧，我当不了你们的女儿，就给你们当妹子吧，你以前不就把我当妹子的吗？

莲芝说：现在说这些，又有什么意思呢。

她说：有，怎么没有呢，我愿意给你们当牛作马，来还欠下你们的债。

国权吼道：你滚吧，我们不稀罕！

她看到，莲芝也用力剜了她一眼。于是她抹了把脸，从他们家跑出去了。

第二天，她还是想去莲芝家看看。她拿了两包东西，还有一瓶烧酒。村里人开始互相拜年了。小孩子都穿起了花花绿绿的新衣服。然而没有人跟她打招呼。几个平时爱跟她开玩笑的人，也避着她。

莲芝显然对她这么早登门有点意外。她看到莲芝点了点头。她鼻子一酸，恨不得上前抱住莲芝痛哭。两家都一样，没一点过年的样子。她把东西放在桌上，问：国权哥呢？莲芝说：从昨晚一直躺到现在。她想到房里去探视一下，又觉得不方便，就犹豫着站在那里。谁知房间里忽然咚咚响起脚步声，国权衣服也没披，跨出房门对她破口大骂：你这个丧门星，这么早跑我家来干什么，你还嫌害我们家不够啊！说完，又气呼呼地回房里去了。

国权的怒骂并没让她难堪。好像她正需要谁的一场骂似的。莲芝安慰她说：国权这两天都这样，你别怪他，他也骂我，没带好小青，把我什么都骂遍了。她说：我不怪他。

她还是坚持让自己坐下来。她理解国权。她是个读过书的人。她很羡慕电视里那些知书达理、深明大义的女人。她看她们总是看得热泪盈眶。当然也有的女人文化并不高。比如有一个女人，男人遇到了不幸，欠下了一堆债，而那些债她根本不晓得也没有任何凭证，但她还是答应还它们。嫁给德贵的时候，他们就说好了，要做村里最好的夫妻，最好的人。他们是自己谈的恋爱。当初她爹还不肯，嫌他穷。她费了好大的劲才说服爹。果然，他们没让爹失望。他们成了村子里白手起家最先富起来的年轻夫妻。他们说，我们要做有理想的人，不占小便宜，不搬弄是非，谁有困难就去帮忙。他们发现，做好人是多么愉快的事情。

想到这里，她有些开朗起来。她拉着莲芝的手。莲芝的手割了她一下。她低头一看，见上面有好几个裂开的口子。她说莲芝姐，国权哥的意思我懂。我没有别的意思。到时候，交管部门怎么判，我都认。但我们不要因此成为仇家啊。

莲芝叹了口气，说：你的心意我也懂，但我满眼满脑子全是小青。我也晓得，你以前待小青比自己的孩子还亲。我知道，你是好心人，你家德贵也是好心人，不论上街下县，每次碰到我，都要停下车子来捎我一程。好几次帮我家拉东西都不肯收钱，说是顺路，怪只怪我们命苦，也许我家小青就是这个寿数。

她说：也不能这么说，我家德贵什么都好，就是面子薄，有时候明明不能做的事情，他也要充好汉。有时候人家一句客气话，他也当了真。

这次，他要是没喝酒……

莲芝说：唉，男人都这样，爱这个东西，说起来，德贵比我家国权好，他喝醉了酒不是打人就是摔东西，不但打我还打小青，有一次，把小青打得好几天走不了路……

这时，房间里传来国权的哼哼声。两人沉默下来。过了一会儿，莲芝说：佳慧，不谈这些了。

过年后，交管部门的裁决书下来了。德贵被判处三年有期徒刑，同时附带民事赔偿十万元。这个结果在佳慧的预料之中。她把车卖了，加上存款，又向娘家人借了一些，都付给了国权和莲芝。国权对那些钱看都不看一眼。莲芝推托了一下，说，既然小青已经没了，要这些钱又有什么用呢？她说莲芝姐，你要不收下我心里更难受。其实她已经听说国权去县里找了人。其实按道理，德贵判个缓刑也不是不可能的，但国权一心想要德贵坐牢。不过这也是她和德贵应得的下场，所以她对国权并没有一丝的不满。

开春了，她开始往田里播种。种田是吃力不讨好的事情。妹妹要她一起去外面打工，她没肯。她不想离德贵太远，她要经常去探望他。鼓励他争取早点出来，重新开始。

一有空，她照样去莲芝家。帮她做些事。要让两家关系更好，才对得起小青。莲芝又怀孕了。她陪莲芝说话。做针线活。互相做好吃的。莲芝想吃酸的，她就到野地里给她摘"酸眯眼"。她们似乎又重新恢复了以前的亲密无间。国权从地里回来，有时候也在那里坐坐。依然严肃而沉默。只在喝了几口烧酒之后，脸色才有些松动。

这天晚上，她做了一个梦。不知是在自己家里还是在莲芝家里，国权坐在硬木沙发上不停地摁电视机的遥控。看那沙发，更像在自己家里。她怎么会梦见国权在自己家看电视？后来她又跳到了另一个梦里。一个

陌生人走着走着，忽然回转身来掐住了她脖子，很痛……

实际上，还真有人掐住她脖子。她很快辨认出来，是国权。他怎么进来的？不知道。她没有叫喊。叫喊的反而是国权。他说：你男人轧死了我女儿，现在，你赔我！

她不怪国权。要怪就怪德贵。怪她自己。她想，或许，她已经把欠国权和莲芝的债都还上了，她现在不欠别人，只欠小青的。是啊，小青的债，她怕是永远也还不上了。她变得小心了。晚上，要仔细检查门扣。她准备了一把剪刀。只是她还没想好，如果真的再发生那样的事，她是把剪刀对准对方还是自己。

后来的一天，在给莲芝摘"酸眯眼"的时候，她自己也忍不住大嚼起来。酸酸的、青涩的汁液顺着嘴角不顾一切地漫出。她有些惊喜又有些麻木地想，说不定小青没有死，她钻到她肚子里来了。她说小青小青，你的债我也是能还清的。

落 土

行知梦见爹对他说，他不想待在书架上。

算起来，爹已经在书架上待了差不多十年。

他把爹放在书架上，爹应该是满意的。爹这辈子没别的爱好，只喜欢读书。爹总是跟他说，书是好东西，一读书，人就神清气爽。爹说这话的时候，村里人都在暗暗发笑，所以他听了这话就好像吃了一包老鼠药，走在日光下老担心药性发作。

爹在书架上慢慢移动着，先是在一眼可以望见的地方，后来就躲到一排书的后面去。有一次，一个同事来借书，抽出一本巴尔扎克的《幻灭》，看到了后面那个黑乎乎的东西，不禁吓了一跳，问：这是什么？

他说：是家父的骨灰。

《幻灭》便咚的一声掉到了地上。

行知把书柜抹得很干净。他的工作用书从来不上书架。他把书插回原处。其实他讨厌别人来借书。书在别人那里，大概就像妻子被人掳去任人凌辱，回来时总是衣衫不整。

行知年轻时有一个宏大的理想，那就是把自己的经历写成一部长篇小说。

他经常像拉斯蒂涅那样在心里朝着什么地方喊道："现在咱们俩来拼一拼吧！"

那时他已经是县中学的教师了。爹娘还在乡下。娘死了，他把爹接到中学来一起住。娘死的时候，他简直是如释重负似的松了口气。人都是要死的，这没什么好悲伤的。爹说：你都三十多了，还没找媳妇，我跟着你，你就更找不着媳妇了。他说：反正你是一个人，我也是一个人，加起来还有两个人。

爹就流眼泪。

爹自从有了轻度中风的迹象后，动不动就流眼泪。

县中学分给他的房子只是一个套间，爹住后面，他住前面。爹还像在乡下一样，不愿出门，除了睡觉，就是坐在那里看书。行知把家里的老书都带来了。大部分已经被毁掉了，留下来的，其实也就是那么几本。残缺不全的子曰诗云，诸子百家。所以行知有理由怀疑爹读书已经是徒具形式而没有实际内容了。爹需要活在那个形式里，不然他活不下去。房间里没有卫生间，公共厕所在操场对面，他给爹在房里放了一只塑料桶当便盆，用完就盖上。即使这样，房间里也弥漫着一股很浓的氨气。

他知道，村里人至今都在嘲笑他，奚落他。那年春节，他在大门两边写下一副对联：良言一句三冬暖，恶语伤人六月寒。

娘死的时候，村里人居然不肯出力。人死了，都是村里人帮忙抬上山。谁有那么大力气一个人背得动棺材？可村里人不肯抬他娘上山。他气得浑身发冷。后来还是爹说了话。爹站在塘边，对老天呼号：村里人要是不抬死人上山，他就把尸体停在门口，让它发臭，反正村子里的人还没死完。

他不得不考虑，以后爹死了怎么办？再以后，他自己死了又怎么办？

爹的死来得悄无声息，跟他预想中的情景相去甚远。他猜想，像爹这样一个一辈子壮志未酬的人，死的时候一定是很痛苦的，要么垂死挣扎，要么死不瞑目。那天他下了课回到房里，做了些杂事，见爹还在那里看书，便叫了一声。爹没答应。爹反正是经常这样。又过了一会儿，他过去拍了拍爹的肩膀，想把书从爹手里抽出来，结果抽不出。他想爹哪里来的力气把书抓得这么紧呢。他把爹的身子摇了摇，才发现爹已经死了。

村里人早就在等着刁难他，看他的笑话。

他把爹火化了。他对爹说：你是村子里第一个真正升上了天堂的人。

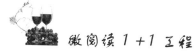

爹死后不久，他的个人问题也得到了解决。是校长牵的线。对方是一个银行职员，叫张彩霞，外地人，年龄不小。但好像家里有那么一点门路。

他和张彩霞第一次见面就上了床。他闭上眼睛，不看她。他也始终没问过她为什么不是处女。都到了这个年龄，还问这个问题，真是可笑。

他只向张彩霞提了一个要求：让他爹待在书架上。

张彩霞的身子迅速冷却下来，不过她还是答应了。

和张彩霞结婚半年后，她的门路开始发挥作用。她调回了原籍，一个正在发展中的工业城市。不久他也如愿以偿，调入一所大企业的子弟学校。

走之前，张彩霞问他是否把爹安葬了，他说爹不想回村子里。张彩霞说：那么，我们在县城公墓里为爹找一个地方吧？他还是没有答应。

爹就跟着他离开了县城，离开了故乡。他想，这是否算得上背井离乡？或许，对于他来说，爹就是故乡的一种象征吧，可爹，对此肯定是不答应的，爹一辈子都后悔没逃出去，难道到头来，反而要他作为故乡的象征？这决不应该。但是，爹又必须担任这个角色，这是没办法的。书架上的爹，仿佛成了一只蝉蜕，既有形又无形，既实在又空洞，既透明又幽暗和虚无缥缈。深夜，他总是听到蝉在鸣叫。

张彩霞说，你怎么老是耳鸣，是不是去看看医生？

他说，神经衰弱就像一张网，一直牢牢罩着他，他头痛，耳鸣，失眠，便秘，什么药都不管用。

张彩霞大概为找到了他这么一个成熟、稳健的丈夫而暗暗得意吧，可他要让她知道，她上当了，她捡到的是一个破烂货。这样，他们就扯平了。

在新单位，他们有了一套还不错的房子。凭他的经验和智商，处理各种人际关系如鱼得水，只是张彩霞的肚子一直没鼓起来。她问他：你是不是有什么问题？他说：我哪知道。她说：反正我是没问题的。

他听了，冷笑一声。

到了晚上，他又看到爹了。他拧亮台灯，移开书，把爹抱出来，像是那时候抱爹到阳台上晒太阳。爹的皮肤还是那么白皙，带着老年人特有的光辉。神态还是那么冷漠和高傲。其实他很喜欢爹这种既冷漠又高傲的样子。爹完全配得上这两个词。

可是这次，爹冷不丁地跟他说，他要回到土里去。

他说：难道你把这么多书都读完了？

爹说：读完了。

他说：要不，我再去买点。的确，他已经很久没买书了。

爹忽然厌倦地挥了挥手，说他已经不愿读书了，他要入土为安。

他说：你确定？

爹说：确定。

他说：回哪里？回乡下吗？故乡？

爹说：去他妈的故乡。

一向斯文的爹忽然骂了一句粗话。他记得爹还有一次说粗话，是在一次游斗中。爹发现胸前的牌子上写错了一个字，便向人索要笔墨，想改过来。那人说，都什么时候了，你还想摆臭架子显示你的臭优越感啊！爹忽然火了，把牌子取下来重重一摔，吼道：他妈的居然要在我胸前挂个错别字，休想！

回来时，爹的鼻血涂了一身一脸。

他说：既然这样，那好，明天我就去给你找墓地。

爹终于抱着他喜欢的紫檀木还有几本老书，在他和张彩霞的注视下渐渐沉入地下。红土很快遮住了爹的脸。随着这一切的进行，行知觉得自己的鞋底和地面的联系紧密了起来。他不禁握了握张彩霞的手。

他懂爹的意思。爹是要他把他乡当故乡。爹永远不愿做他的故乡。

张彩霞终于解怀了。他这样一想，猛然意识到"解怀"这个词正是村里人对女人生孩子的说法。没想到，虽然他离故乡这么远，可那些词还是不时地蹦出来。故乡的概念分解成词语的形式仍然盘踞在他脑海。它们还要占领他多久呢？大概连爹也没意识到，离开故乡这么多年，他和爹说的一直是方言。外人进入不了的方言。

张彩霞为他生了一个儿子。儿子见风就长。有一天，他打量着儿子，忽然吃了一惊：他觉得总有个人站在儿子身后或藏在儿子体内，那个人，就是他爹。

只是，他不会跟他说方言了。

 # 算你狠

　　毛豆和宝琴从丈母娘家里出来的时候，天色已晚，立了秋的风从山上跑下来，吹在身上凉凉的。两个人说说笑笑，离村子越来越远，看四周无人，毛豆就上前亲了宝琴一下。她脸红了。他喜欢看她脸红。所以就是为了看她脸红也应该亲她一下的。他们是五一结的婚，本来是结婚后要出去打工的，但一结婚，他们都不想那么快到外面去了。他们的想法得到了毛豆爹娘的支持，娘经常拿眼瞄宝琴的肚子，仿佛把她当作了压寨夫人，她不怀上孩子是不会让他们出去的。

　　风在他们前面带路。它跑过草丛，跃上山岗。这时，有几个人转过山嘴。他们把身子侧了侧，让那几个人过去。毛豆数了数，他们一共有四个。他有些奇怪。这时节，能有几个整齐的劳力在外面闲逛呢。他有一种不好的预感。他拉起宝琴的手赶紧走。他听到自己还有宝琴的脚步的沙沙声。谁知，沙沙声越来越大。后面的沙沙声很快超过了他们，停下来。他只好拉着宝琴往回走。可是拉不动她。原来那几个人也拉着宝琴。就像划水时，水草忽然缠住他的脚。他骇然了，放了手。他边跑边喊，跑到丈母娘家，什么话也说不出来。

　　他和丈人还有村里的几个人拿着铁锹打着手电，吼吼着在半路上碰到了宝琴。他悬着的心落了下来。他大声叫着：宝琴宝琴。他想去抱住她。这时，他不抱住她谁抱住她呢？而宝琴毫不犹豫地推开了他。她瞪了他一眼，说：你给我滚！

　　其他人也不说话。只闻到越来越浓郁的植物气息。丈人黑着脸，一个劲地抽烟。其他人也各自抽着烟。他后悔自己没学会抽烟，这时他也

很想抽烟了。他走快一点，别人就让他上前。他走慢一点，别人就超过他。仿佛他是一个影子，仿佛他不存在。很快，他发现自己真的落在最后了。他希望这时忽然窜出一头狼来把他叼走，他不叫也不作任何反抗。

他该死，不该这么活下来。他怎么把宝琴扔给了那几个家伙，自己却不管不顾地跑掉了呢？他应该跟他们搏斗，哪怕是咬他们一口也好。如果他被他们打死或打伤了，宝琴也会在他身上哭得死去活来。怪只怪，自己胆小。

丈人他们已经走很远了。毛豆站在那里发愣。他跟着去干什么？哪还有脸露面？除非他将功补过。对，他要去做一件事，让宝琴原谅自己。他在黑暗里摸着路前进，胆子比平时大了许多。以前他怕蛇，怕野兽，现在他完全忘记了它们的存在。赶到乡里的时候，还有人坐在店门口看电视。他松了口气。对乡里他是很熟的。他在中学读过书。如果不是暑假，现在肯定还有学生在上晚自习。他拍着派出所的铁门，对值班民警说他要报案。

第二天上午，派出所来了人。村里的孩子在民警后面互相追着。丈人脸色铁青。他对民警说，没这回事。

不管民警怎么启发，丈人始终咬着那一句，没这回事。

民警又问宝琴。她说：昨天什么事情也没发生。民警说：你丈夫已经报了案。她说：他陷害我。他有神经病，我要跟他离婚。

民警走后，宝琴对毛豆说：对，我是要跟你离婚。

他仔细回想那几个人的样子。从他家到宝琴家不过五六里路，中间只隔着几个很小的村子。如果是这些村子里的人，他多少是有印象的，有的还是一个大队，曾经在一个学校读过书。他在那几个村子里转了转。即使不是附近村里的人，也可能沾亲带故，不然他们跑这里来干什么。在一个村子里，忽然有几条四眼狗扑出来咬他，他捡石块还击。后来又找来一根木棍，打得它们落荒而逃。俗话说打狗看主人，他也不管那么多了。狗的主人站在那里怒目而视。他不怕。如果对方讲他，他就跟他吵。打一架又何妨。他一窝火正没处发。奇怪，对方反而没说什么。

在几个村子里他一无所获。他开始到更远的村子里去找。他也顾不上自己的衣服是不是整齐。有时候趿着鞋子，看上去有些游手好闲。别人不知道他是干什么的。他走得越远，别人越觉得他陌生。他们从门背后小心地望着他。在别人眼里，他成了一个脾气很大的人。有一次，他看到两条狗在交尾，很生气，当众打死了一条。狗主人也没找他麻烦。他弄得村子里鸡飞狗跳。还有一次，他看一个人不顺眼，就跟他吵了起来。结果，那人忙向他道歉，并请他到村前的小酒店里吃了顿饭。于是有人请他帮忙办什么事。他拒绝了。对方以为价钱开低了，把价钱翻了两倍，并且说，不一定要打架，无非是吓唬吓唬对方。他一想，反正一个人无聊，不如跟那人去看看，说不定能发现新的线索。原来，那个人为了地基和邻居争吵起来，邻居盖新房时想占他的地基。那个人把毛豆带过去，毛豆往对方跟前一站，奇怪的事又发生了，对方忙向他点头哈腰，答应把多占的地基退出来。回来的路上，他问那个人，究竟是怎么回事？那人说，我的好哥哥，你不是一般人呐，你往那儿一站，他们就吓到了。大家只见过粗蛮的好汉，没见过你这样斯文的人物，那些五大三粗的家伙只配给你跑腿，你连烟都不抽，这还得了。那人很隆重地请他吃了一顿饭，并送给他一个红包。主动跟他打招呼套近乎的人多了起来。经常有几个人跑到他跟前，这个说怎样怎样，那个说如何如何，然后请他公断。经常莫名其妙地有人请他吃饭。他的名气越来越大。一天，他在一个小酒馆里听到几个人在讲一个神奇的人物。好像是电视剧里的大侠。末了竟发现他们讲的是自己。

在他游游荡荡的过程中，地里的棉花桃已经被太阳光剥开了，就像剥开女人的衣服。天上的云朵落到地上来了，坳里，坡上，一处一处。那天，他路过一块棉地，觉得那个捡棉花的女人长得有点像宝琴。他就过去把她的衣服剥掉了。他本来想捂住那个女人的嘴，奇怪的是，那女人一看他，身子就软了。

后来，他就经常像剥棉花桃一样去剥女人家的衣服了。一剥，棉花就飘出来了。他想看看棉花里是不是宝琴。捡棉花时，她们低着头，戴着草帽，衣服都捂得严严实实的，他忍不住朝她们走去，又忍不住把她们剥开。他没想到剥得那么容易。等他发现不是宝琴时，女人的衣服已经在手上了，而且她（们）紧抱着他不放。他有什么办法？后来他是这么说的。他在秋天的棉花地里如鱼得水，无恶不作。他的身影引起了不小的恐慌。终于有一次，正在他准备从一个女人的衣服里把宝琴掏出来的时候，一根木棒从后面狠狠锤击了他的头部。

他和宝琴再一次见面是在县城的看守所里。他因犯强奸罪被判处七年有期徒刑。宝琴对他说：毛豆，想不到，那个闹得沸沸扬扬的人，原来是你，你安心服刑吧，我等你出来。

临走时，宝琴告诉他，她已有两个月没来例假，肯定是有了。

他有些不怀好意地盯着她的肚子，心想不知道是谁的种。

杀 手

现在，他上路了。

他怀揣着一张皱巴巴的地图。上面有人用红铅笔划了一些线条。读书时，他的地理就不太好。他一直在逃避地图。可没想到，他还是没有逃掉。就好像他并不能完全从生活中逃掉一样。

他把箱子放好，在长途汽车的豪华铺位上斜躺了下来。他照例从包里拿出一本《福尔摩斯探案集》。与别人不同的是，他从来不假想自己是福尔摩斯或他的助手华生，而假想自己是作案者，如何巧妙地逃避福尔摩斯的侦查。

与丰富的现实相比，福尔摩斯其实是多么的机械单调啊。有些案件是无法告破的。每每路过陌生的城市，他都有一种抑制不住的跟福尔摩斯挑战的冲动。

父母死后，抚养小弟和养活自己的责任便完全落在他一个人的身上。

小弟填高考志愿时征求他的意见，他说，你就读警官大学吧。

这样，就有意思了。

望着那个像剪刀一样飘远的背影，他终于长长地吁了一口气。现在他才知道，当初他出人意料地给了他们一笔钱是为了什么。那是一个很大的数目，她，还有那个乡巴佬，感恩戴德几乎要给他下跪。

他当时给他们那笔钱的时候几乎是当着全市媒体镜头的面。有一个自由撰稿人还把这件事写成了一篇煽情文章发表在一家畅销刊物上，标题是《义薄云天，百万富翁善待红杏出墙之妻》。

的确，在遥远偏僻的乡下，那笔巨款足可以招来杀身之祸。让溺水的人死得更快的最好办法是，给他们一袋金子。

第二天上午八点，他在市里下了车。然后继续坐车去一个县城。红铅笔的线条到此戛然而止。按约定，那个人明天十二点会在市里的宾馆房间等他，他在如数递上那人需要的东西后，便可带上支票迅速离开。

作为地图的补充，是那个人在地图旁边写下的几个地名。下面他所做的，是用脚把它们串联起来，到达事情的终点。据对方描述，那是一间三层的红砖楼房，它在贫穷的村子里显得鹤立鸡群。村子里，大概还在流传着楼房的男女主人在南方的一段奇异经历。或许在他们看来，南方的那个老板是一个彻头彻脑的傻瓜。

那个人说，自从有了那笔钱，男人果然就开始游手好闲，他们经常吵架，完全没像人们预料的那样过上幸福生活。那男人每天在外面喝酒赌钱。

他眼泡浮肿，皮肤黝黑，眼睛陷在肉里，就像龙眼核。几年前，他决定由自己来安排生活，便娶了一个在他厂里打工的女孩为妻。他焕发了一段时间的青春。但后来他发现她一直在跟厂里的另一个男孩私通。他怒不可遏，问她为什么要这样，她说他们本来就是恋人。

他有些惨淡地笑了笑。他答应跟她离婚，并鬼使神差地给了她一大笔钱。

中午十二点三十分，他坐在一家饭馆里，炒了一个猪口条，要了一瓶啤酒。电视里正在播一个法制节目。一个村子里发生了投毒案，一个中年妇女成了怀疑对象，被派出所抓了起来。派出所的人说，只要承认了，便可以放她回家。于是她就承认了……

坐在电视机下面的一个人老是想跟他说话，故意把茶杯盖碰得叮当响。见他没理，便把茶杯盖磕得更响了，一边还自言自语。

正在这时，一伙人推推搡搡地进来了，找了一张桌子坐下。被围在中央的那个，长得方面阔腮。跟他相比，其他人都像是猴子。他们七嘴八舌地点菜，每点一道菜，便征求一下阔腮的意见。阔腮一律扬手表示赞同。大家欢呼起来。

那个人还在唠叨不休，后来竟把话明晃晃地指到那几个人的脸上，说：我天天在这里等你们，你们每干一次坏事，我就在记录本上划一横，那上面已经有十几个"正"字了，等凑满二十个"正"字的时候，我就把它报告给纪委。女服务员见怪不怪，在旁边捂着嘴笑。

一个人对女服务员说：哎，你们老板怎么有这么一个孬包哥哥。

女服务员说：有什么办法，我们老板每次把他送到那个地方，他总能偷偷跑回来。

菜上来了。他们说说笑笑，开始吃喝。

他来到大街上，在一个路口，问了一个教师模样的人。他在一辆写有开往乡标志的中巴车上坐了下来。离开车还有一段时间。太阳照在身上有些燥热，他往旁边躲了躲，靠在座垫后背上打了个盹。

朦胧中听到说话声。他睁开眼，是几个孩子。

他又想起小弟。上次小弟在电话里说，这学期他们在练习射击。

下午四点，他出现在一个小镇上。小镇在一条小河边，河水微微发烫。他在一家小店买了瓶水。老板说你也是来收古董的吗，刚才有个人跟你口音差不多，也买了瓶水。他的普通话总摆脱不了方言的尾巴。他想他迟早要栽在这上面。

他来到那个偏僻的小村子的时候，正是暮晚。他迅速勘察了全村的地形。他要找的那幢三层红色楼房很远就能看到。

他找到一个安全的地方，躺下来休息了一会儿。

醒过来的时候有一滴露水正滴在他的脸上。天空布满了星星。他一骨碌爬起来，站立了一会儿，朝村子里走去。

远远看到了两个鬼鬼祟祟的家伙。他怀疑他们是小偷。正是这时，他忽然觉得自己要做的事好像有什么不对劲。但究竟什么地方不对劲他一时又想不清楚。石板路散发出微微的光亮。村前是一座石山，那些大小相间错落有致的青石板看上去像是从石山上潺潺淌下。村里没有人知道，明天一早，他们将会发现一起惊天血案，那有着传奇色彩的年轻夫妻倒在血泊之中。

门是虚掩着的。刚才还亮着灯，忽然熄灭了。似乎又感觉什么不对劲。不过已来不及多想。一切都在黑暗中进行。很顺手。

第二天上午十二点，他如约赶到市里宾馆号房间，敲门没人。他有些奇怪。敲门声惊动了服务员，她问：先生，您找谁？

他是从天上过来的。

让他仍然不明白的是，他到底是因为爱她才这样做，还是因为恨她才这样做？

但不管怎样，有一点是十分明确的，那就是，他要彻底失去她了。

想到这一点，他觉得天空有了尖锐的重量，整个儿压在他胸口上。

这时他才忽然明白，正是对她的爱或者恨支撑着她，让他活了这么久。也就是说，如果没有她，他依然要过着那种活着和死了没什么区别的日子。

而现在，他真的要失去她了。

他忽然坐起来。他要把事情作一些修改。

他可以修改。他也完全有权力修改。

他走到那幢三层红砖楼房前，叫了一个女人的名字。显然，她没料到他来。第一眼，她甚至没认出他来。

她面色凝固了，说：怎么是你。

他说：谈一桩生意，顺路来看看你。

她说：有什么看的，我变老了。

他说：钱没让你幸福，爱情也没让你幸福。

她喊一个男人的名字。男人出来了。显然很吃惊。但没说什么。又能说什么？当初，他给他们钱的时候，这男人几乎跪了下来。

正是这一跪，使他感觉到她日后生活的危险。

他说：我要在你们家吃晚饭，你们准备准备吧。

女人叫男的去买菜。男的临出门却有些不放心地瞅瞅她和他。女人有些恼怒。

男人买菜回来了。女人不一会儿弄好了晚餐。他觉得菜有点变味。好像她的手艺不如以前了。

吃完饭，他对男人说：你还是去打牌吧，久别重逢，我总该跟她叙叙旧，等会儿有人来接我。

他掏出一沓钱来放在桌上，说：输了算我的，赢了是你的。

男人的手已经不像当初那么颤抖了，赌气拿了钱出去。从那时候起，他感觉形式上他是胜利了，可实质上他是失败了。所以他就想法子折磨那些钱，仿佛这样能反败为胜。

但男人出门时别有用心或自作聪明地把门留了一条缝。

不出所料，那家伙还是收起了钱。他不禁怜悯地看了她一眼。

她有些脸红。男人甚至都没瞧她，就拿起钱走了出去，让她受到了侮辱。

他也垂下头，默不作声。

吹进来一阵风。他拉灭了电灯。女人很温驯，竟然没有惊叫。

入侵者

一家人正在吃晚饭，忽然闯进一伙人来。

男主人很惊讶，因为他清楚地记得，门是上了锁的。不但上了锁，他还打了保险。最近这段时间，治安不太好，不是有人假扮抄水表的进门抢劫，就是有人装作推销员行骗。听说他们有一种特殊的药粉，只要朝你一吹，你就晕晕乎乎的，任其摆布了。更别说路上飞车抢包，地道口棍击后脑。

那伙人中的一个扬了扬下巴，一家人都吓得不敢动：男女主人，男主人的父亲，女主人的母亲，上幼儿园的孩子。一开始孩子仿佛还因为家里忽然出现了这么多陌生人而高兴，但她马上感觉到气氛不对。她看到爸爸愣在那里，妈妈嘴巴张着。爷爷想去扯爸爸的衣角但又犹豫了。他才从乡下来住了两个月，整天畏首畏尾的，生怕做错了事。外婆起先肯定以为这些人是爷爷带来的，或至少跟爷爷有什么关系，所以她斜着眼睛不满地掠了爷爷一眼。自从爷爷来了之后，外婆总像是吃了很大的亏。因为外婆和爷爷的关系疙疙瘩瘩，爸爸和妈妈有时候也会互相不理。现在，四个大人都不说话，倒显出了少有的统一。

真是难得的安静。孩子居然趴在桌上睡着了。

男主人有些奇怪，没注意到孩子什么时候睡着了。看看沙发上的那只书包，至少有五斤重。还是读幼儿园呢。以后读小学，岂不要有十斤了？但他的目光很快又转移过来。他还在想那个问题：这些人是怎么进来的？接着他又想，他的妻子、丈母娘和自己的父亲又是怎么进来的呢？他一时有些茫然了。他想，他本来是一个人，可现在，一下子冒出这么多人。好像人生来就是要被无意义地消耗掉的。人从一开始，就是要遭到侵占的，比如，课本凭什么随便进入孩子的大脑？各种莫名其妙的规则凭什么堂而皇之地进入人们的生活？难道它们都是孩子和大人欢迎的么？他的目光看起来是在那几个入侵者的身上，其实是涣散的。他经常有这样的感觉，眼睛明明在盯着什么，心思却不知道跑到哪去了。

那几个人两手抄在口袋里，仍然离桌子不远不近地站着，有一个家伙的嘴里还嚼着泡泡糖。那人先拔掉了电话线，接着把男女主人包里的手机翻了出来，卸掉屁股壳上的电池扔进了垃圾篓。女主人尖叫起来。那人在客厅里瞄了一遍，很快发现了鞋柜上的钥匙。他让它们在他手心旋转了一下，然后呼啸一声飞出了窗外。女主人又尖叫了一声。

男主人对着那扇厚厚的防盗门自嘲起来。当初安装它的时候，他强调要牢固、隔音，他们每次下班回家，都要从里面打上保险，没想到现在它不为自己保险，而为强盗们保险。他们家在五楼，窗子和阳台上也装了密密的防盗网。它们越牢固对自己反而越没有好处。这不是防盗而是防"逃"啊。

他的目光逐个扫过家人的脸，父亲，丈母娘，妻子。他想，这些人说不定是父亲放在衣服口袋里带过来的。父亲的口袋里总有几粒秕谷、菜种或石子。这几个强盗肯定是变成秕谷什么的藏在父亲口袋里让他带进来的。现在时机成熟他们就跳出来了。父亲不就是要种个菜嘛，那好，让他在阳台、客厅、厨房和卧室里都种上好了。别看父亲可怜兮兮的，其实他内心里固执得很。他永远相信自己是唯一的赢家。他一来就和丈母娘互相看不惯。刚开始他和妻子还有个好心而又好笑的念头，那就是，如果父亲和丈母娘相处久了产生了感情，小夫妻俩还可以把他们撮合到一块儿。岳丈一辈子病歪歪的，五十还不到就死掉了，丈母娘也不见得尝到了什么生活的乐趣。而父亲身强体壮，能在晚年找个城里老伴，也算是开了洋荤。妻子暧昧地笑了起来，说：那我母女俩的便宜岂不都让你们父子占去了。这个秘密的计划，使夫妻俩的关系得到了短暂的改善。谁知道两个老家伙到了一块儿，竟像土鸡和火鸡，彼此毫不沾边。

有一次，他和妻子在床上调情并弄出了一些响声，后来他急急从卧室奔向卫生间，刚拉开门，他几乎和丈母娘撞了个满怀，后者正站在门口。从此他在和妻子做爱的时候，总觉得有一双眼睛在盯着他的屁股。结果是他压在妻子身上脑子里却是丈母娘。

更多的时候，是妻子和丈母娘团结在一起。这样，女儿就成了重要的争取对象。他们都在想方设法讨得已经上了幼儿园的女儿的欢心，不幸的是，在这方面，他远远不是她们的对手。他唯一的指望是，女儿有那种所谓的恋父情结。但很不幸，他发现女儿不但没有恋父情结，甚至在她们的教唆下，开始用怀疑而惊惧的眼睛打量他了。他担心自己迟早有一天会被她们从这个家里挤兑出去。所以母亲的去世并未给他带来太多的悲痛，他反而看到了增加援兵的希望。他把父亲和丈母娘像一公一母两只鸡一样关在一起，希望父亲能像公鸡那样爬上母鸡的背。

这时，孩子还在睡觉。几个强盗在翻箱倒柜地找什么东西。破坏的声音尖锐地在空中飞腾。原来玻璃也有哭声。他很想一五一十地告诉他们：钱在什么地方，存折在什么地方，密码是多少。就像有一次，在夜晚的街角，他忽然被一把尖刀抵住，他毫不犹豫地把钱包掏了出来，看也不看，只是说，把证件还给我。这种镇静，不像是别人抢了他的钱，倒像是他抢了别人的。他幸灾乐祸地想，让强盗把家里翻个底朝天也不是坏事啊，若没有强盗，他还想这样做呢。

强盗们嘴里发出怪叫。他们把盘子里的菜汁当作墨汁涂在两个老家伙的脸上。在菜汁的作用下，两个老家伙的身份开始模糊，渐渐很难看出什么区别了。他们又把盘子扣在两个老家伙的头上并不许它们掉下来。不然我们就不客气了！他们说。老家伙乖乖就范，甚至还同病相怜。说不定此役过后，他们就要相爱起来。女主人自从刚才发出两声尖叫后，就一直抱着肩膀在不停地发着抖。现在强盗们围着她，脸上浮现出捉摸不定的笑容。他们互相使了个眼色，其中的两个便一左一右架起她，把她拖到卧室里去了。卧室的门被关上了，客厅里什么也听不到。不一会儿，那两个人一边叼着烟卷，一边系着裤带从卧室里走了出来。另外两个人又进去了。

男主人不由得痛苦地闭上了眼睛。他想，等会儿女主人出来的时候，会是什么样的情形呢？她大概不会出来了吧，从此甚至不再走出家门，看人肯定也是躲躲闪闪的。出乎他意料的是，女主人很快就走出了卧室。她容光焕发。

接下来，强盗把男主人的父亲和丈母娘也关进了卧室。在把他们推进卧室之前，强盗们给两个老家伙灌了些酒，把他们的衣服也脱掉了。父亲哭了起来。他的手在口袋里一掏一掏的，仿佛那里有什么魔法，能降住强盗似的。丈母娘则在反抗的罅隙里，开始打量父亲乡下人的身体。说实话，父亲的身体还是很棒的，男主人为父亲的身体而骄傲。卧室里传来了激烈的扭打的声音。不过这一切，很快也平息下去了。大概过不了多久，两个老家伙也会红着脸从卧室里跑出来。

……强盗们的消失和进来一样莫名其妙。忽然响起了急切的敲门声，男主人抬起头，强盗们就忽然不见了，不知他们是从窗子里跳了出去，还是隐身到墙壁里去了。男主人揉了揉眼睛，有一粒眼屎沾到了手上。近来他眼睛里常有眼屎。他听了听，还真有人在敲门。他站了起来。饭菜已经弄好了，孩子趴在桌上睡觉，妻子在邻居家打牌，丈母娘到小区里串门还没有回来。不久前，他的母亲死了，他要把父亲接到城里来。说好了，妹妹今天会送父亲过来的。车晚点了。他想，现在是父亲和妹妹敲门还是丈母娘从外面回来了呢？

 # 葵花笑

我跟您说，这件事我一点也没错，哪怕是到了北京我也敢这么说。谁都知道，我是一片好心。村子里，谁要是说了不对的话，我都会去帮他纠正。现在，我们生活得这么好，谁要是还说不好的话，那就是良心被狗吃了。晚上，我睡在温暖的被窝里，看着床头柜上我爷爷和我爹的瓷像，我想，我比他们幸福，我爷爷是冻死的，我爹是饿死的。我呢，已经吃得饱，穿得暖，您说，我还有什么不满足的呢？

恨就恨我们这里离北京太远，不然也可以送点南瓜红薯什么的到天安门和中南海去（跟您打听一下，中南海是否真的是海）。为此我每天清早准时打开电视。我想，虽然到北京不那么容易，但到县里总不难吧。县里最近修建了一个广场，就在县政府新盖的大楼旁边，听说那是我们省里最大的广场，草坪、喷泉、彩灯什么都有，全县的人跳舞都不拥挤。那天，我从电视里知道，上面有一个检查团要来，我想，机会来了，我要在上面来的领导面前表现我的感激之情。如果他们是省里来的，那我就等于到了一趟省里。如果他们是中央来的，那我就等于去了北京。这一下，我的面子可大了。不瞒您说，我不否认我也有私心。我想那天肯定少不了电视台的记者，他们肯定会把我拍摄进去。每次在电视里看到群众画面，我都跃跃欲试激动万分。

这几年，我们县里的经济真的得到了很大的发展，不信您可以去看。修了好多路，建了好多厂。唯一的遗憾是，浪费了一些材料，比如这个领导这样修，还没修好，下一个领导就那样修，不肯把原来的路修完。我们县里也有了电视台，我经常看到领导给一些厂子奠基或剪彩。我觉

得当一个领导，真是很累，而且还要保证什么都不出问题。比如两年前，我们那里有一家爆竹厂爆炸，死了几十个人，结果县里的领导也跟着受了处分，被调到另外的县里去了。说句实在话，做领导的哪能什么都管到？难道爆竹厂的老板是他的亲戚？难道是他让工人不小心弄出了火星？这不公平嘛。

您问我这是什么，这是我带来的材料啊，我要把那天发生的事情一五一十地告诉您，请您帮我写一篇文章。现在国家进步了，民告官的事情不是没有，有的还打赢了。我都从电视里看到好几回了。现在我也要打赢这个官司。

那天，我一早就搭车去了县城。出门时我的眼皮一个劲地跳，我知道是昨晚没睡好的缘故。我才不迷信呢。我在怀里藏了一幅画。那是我自己画的。我画了一朵葵花。我们县里家家种向日葵。那是我们全县的经济作物。我们村里，墙上的标语除了"一人超生，全村结扎"、"谁穷谁丢人"和"中国移动手机卡，一边耕田一边打"之类，最多的就是"葵花笑，幸福到"和"种了葵花就致富"。我喜欢葵花鲜艳浓烈的色彩，喜欢葵花籽饱满的响声。

一路上，我心潮起伏，浮想联翩。我想着我和县领导乃至上面来的大领导合影的照片登在报纸上，出现在电视里的情景。或许还有握手。我想好了，等领导把手伸过来，我就狠狠地抓住它，握的时间越长越好。我会一边握，一边像电视里那样，面带微笑朝着观众，好配合记者拍照。

到了广场，那里气氛有点严肃紧张，还有人戴着红手袖在来回走动。人越来越多了，这时广播里响起了音乐，他们不知不觉排成了方阵。有几队戴着红领巾的小学生在老师的带领下在路边一字排开。刚才还有几个小摊贩在那里吃喝，现在跑得无踪无影了。广场这边和它对面的街道都挤满了人，大家自觉地排成两行。有几个人拿着照相机和摄像机站在队列的前头，不用说，他们是报社或电视台的记者。他们故意把镜头对着人群扫来扫去。我发现，那些被镜头扫着的人要么故意装作没看到，要么马上一脸严肃。没多久，开来了一辆公安摩托，接着又是一辆。然后是几辆轿车。它们径直开进了县政府大院。我以为省领导在轿车里，正叫苦不迭，忽然听到有人喊：来了！我转头一看，只见一辆中巴车远远地停住，从上面走下几个人来，其中有我们的县委书记和县长。我在电视里看过他们，其中瘦的是书记，胖的是县长。他们一左一右地陪着一个人，正沿着街道走来。不用说，那就是省里的领导了。省领导一边步行一边朝大家挥手。他的手是那么大，那么慈祥。我被感动了。记者忙咔嚓咔嚓拍照。省领导越来越近了，我激动和紧张得要上厕所。您不知道，我有一激动紧张就想上厕所的毛病。我想万事俱备，只欠东风了，可不能功亏一篑啊。我已经可以看到县领导和省领导的衬衫领子是清一色还是花格子了。不能再等了，于是我举着画冲了上去。

我承认我画得不好。或许，问题正是出在这上面。后来我不止一次地想，如果我画得好一点，那事情就不是这样了。县领导一看我画的葵花，勃然大怒。他们大概以为我画的是烧饼。在我们那里，烧饼是一句骂人的话。我还想分辩，可我已经被两个警察牢牢抓住。

就这样，我壮志未酬。我被抓了起来，关在派出所里。他们问我为什么来闹事，我说我不是来闹事的，我是来向县领导和省领导表示我对他们的爱戴之情，我说如果不信你们可以看我画的画。画上是一朵很大的葵花，为什么要画葵花呢？不说你们也知道，它是我们的县花，我们县里的葵花籽在全省产量第一，虽然我画得不好，但它的确是葵花而不是烧饼。

我被关了整整三天。虽然我并不准备出去后找他们打官司申请国家赔偿，可我还是很生气。那天，我被人带了出来，一辆车开进了院子，在门外停住。从车里走出两个穿白衣服的人来，包括司机一共有三个。他们走进门来，问所长，人在哪里？所长朝我努了努嘴，于是他们就不由分说地把我架起来，拖到他们车上，关上车门，飞快地开走了。我挣扎，他们就用力掣住我，我叫喊，他们就用胶带贴住我的嘴。我把其中的一个人踹倒了，他爬起来后更疯狂地向我扑过来，并掏出针头灌上药水在我身上扎了一下。奇怪，我自己都不明白，我怎么就那么听话了。我的手服服帖帖地软了下来。

车子开了好半天，到了一个我完全没去过的地方。开始路两边还有许多房子，后来房子越来越稀少了。我想不好，他们大概是要处决我了。我再次大叫了起来。我把全身的力都用上了，我手上青筋暴起，心脏怦怦猛跳，口中的怒气把贴在嘴上的胶纸都吹开了。我说你们弄错了，我没犯罪。那两个穿白衣服的人又朝我扎了一针，然后关切地望着我，目光充满了友好。我的心软了，人也彻底地安静下来。这时我才看到他们的白衣服上有几个字：市精神病院。他们把我关了起来。我不肯吃药，他们就偏偏要我打针吃药，等我主动跟他们要药吃，他们却把我放了出来。

从医院回到家里，老婆见了都躲着我。我在东边，她就到西边去。晚上，我睡这头，她就睡那头。她不敢看我，目光躲躲闪闪的，像是做了亏心事。后来，她终于憋不住了，吞吞吐吐问我：你是不是真的得了精神病？我说：得你娘的鸟。她说：你变了，你真的变了，幸亏政府发现得早啊，不然，我可吃不消了。从此，她不再进屋，收拾东西住到她娘家哥哥那里去了。我去找她，她不见我。她哥哥也就是我的大舅子也不见我。您说，连她都这样，村里人就更不用说了。现在，村子里没人敢跟我说话，小孩子见了我会忽然惊恐地奔跑起来或躲得远远的。倒是有几个以前我瞧不起的无赖跑到我家里来骗烟抽。他们以为我是疯子竟大模大样地把我的烟拿走了，还有一个来搜我的口袋想摸里面的钱，被我揍了一顿他就到村子里散布谣言说我的确是疯了。是可忍孰不可忍？您说，到了这步田地，我还能怎么办？只有要个说法来证明自己的清白了。

什么？您叫我去找报社，可刚才不正是他们叫我到这里来找您吗？什么，您要出去办事？那好，我明天来。我说话算数，跟您说好了，明天一定再来。